九歌少兒書房
www.chiuko.com.tw

不說話的女孩

蔡聖華◎著
李月玲◎圖

名家推薦

許建崑（少兒文學名家、東海大學中文系副教授）：

曉雲老師來到新學校，認識了孤獨沉默的珮珮、恨意盈懷的奶奶、獨居老木屋的老人，最後也揭開了自己悲痛的身世。而李主任的孩子李平，聰明、冷靜，有電腦操作能力，適時幫助了大家。這篇作品文字成熟，平行發展的兩家故事，卻演化出三角、四邊的複雜關係，經營得體。用珮珮、曉雲兩個「我」的觀點來敘述，讓人得以轉換視角思考問題的癥結。人生最大悲哀，是骨肉相愛卻又相殘！誰能幫忙解套呢？

桂文亞（少兒文學名家、名主編）：

以兩個不同角色做切換、彼此平行對話的小說結構，在剛開始閱讀這篇作品時，易生困惑，因此需要一點耐心進入狀況。

作者的文字清朗明麗，帶著「言情小說」的「好讀」特性，寫父女情、兄妹情、祖孫情，更寫出了師生情，感情豐沛真實，好人、好事，感覺好溫暖。

林玫伶（少兒文學名家、台北市明德國小校長）：

一個被奶奶認為剋父、剋母又剋兄的女孩；一個遭逢巨變失去父母的女老師，在因緣際會下，兩條既脆弱又頑強的生命線交疊在一起，纏繞出一段感人的故事。

每個傷痛都被紀念，每段苦楚都有盼望，作者用優美純熟的筆調娓娓道來，一如老木屋外的苦楝，總會等著綠滿枝頭。

·目　錄·

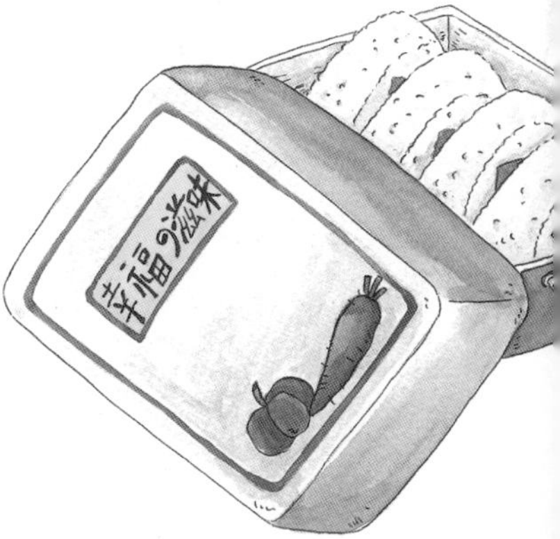
幸福の滋味

春風

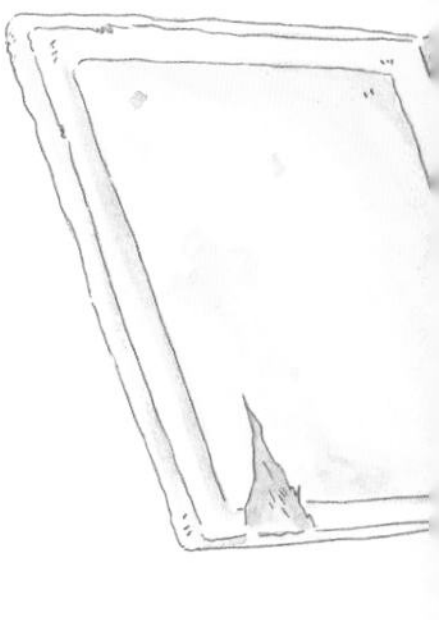

夏露

秋籟

1 柯珮珮

對我而言，沉默是一種最好的語言

我就是不想說話，我猜，你也不知道原因。不過沒關係，知道的人不多，我想嚴格的說起來，應該是沒有人知道。其實，對我而言，沉默是一種最好的語言。

升上六年級了，班上沒有新轉來的同學，但是換了新教室，來了新老師。新和舊其實是相對的，新是舊的開始，舊是新的終點。

新老師頂著一頭短髮，耳朵很有精神的露出來，脖子後面的髮際推得很高，你一定很少看過女生把頭髮剪得那麼短，推得那麼高。她的臉上沒有眼影，沒有口紅，也沒有腮紅，只架了一副厚厚的眼鏡；身上沒有耳環、項鍊，也沒有戒指，甚至沒有手錶。她喜歡穿棉布長洋裝，洋裝上有時綴著幾顆同色系的木珠，有時腰後綁了個蝴蝶結拉出腰身，有時就是簡單的條紋格子；腳下總是踩著一雙大而粗獷的棗紅色涼鞋。全身上下乾淨俐落，就像她的名字——「白曉雲」一樣明亮潔淨。

新老師都是一樣的吧！總是先點名，然後自我介紹。也許你覺得上課點名再自然不過了，但是對我來說卻很尷尬。

我不說話是不想理會別人，但是，如果有人在大庭廣眾之下叫你的名字，要假裝沒聽見真的很困難。不予理會是很沒有禮貌的，雖然我早就不在乎什麼禮貌不禮貌的事，但是氣氛會弄得很僵，所有人的眼光都集中在你一個人身上，連老師都在等待。對，就像現在……，她喊了一聲「柯珮珮」……又喊一聲……再喊一聲……，我只好勉強起身，面無表情的站了一下。她以為自己很小心，把我和其他同學一視同仁，可是我瞄到她多看看了我兩眼。我想，辦公室裡的主任、老師們，一定老早就跟她說過我的「如何如何……」，甚至連我奶奶的……那些事……也一併報告完畢。

「各位同學，」她在黑板上寫了自己的名字，「我是白曉雲，從台北請調到這裡來教書……」自我介紹來了。

「有沒有人覺得奇怪啊!?為什麼我要離開台北那個花花世界，到這個小鎮來呢？」

她停了半晌，沒有人搭腔，只好自己又接著說：

「我的童年也是在一個鄉下小鎮度過的，一直以來都很懷念那段美好的時光。這個學校剛好有一個機會，所以我就來了，希望和大家相處愉快。我就住在學校的宿舍裡。」

大家無言，又是一陣沉默。

「對了，我剛來沒幾天，不知道鎮上有沒有什麼名勝古蹟或好玩的地方，或許放學後大家可以帶我去走走，讓我好好認識認識附近的地理環境！」

大家你看我，我看你，對於這個完全陌生的老師，同學們都還在觀望，看著她自言自語，誰都不願意第一個開口。

「聽說這裡有一棟六、七十年的日式老木屋……有嗎？」她轉著滴溜溜的眼珠子問。

「有，有，我知道！」大家的心瞬間被挑動了起來，空氣裡的分子開始灼熱騷動。

「那是一間鬼屋吔！」一個同學笑嘻嘻的說，他大眼一瞪，眉毛一挑，一副要天下大亂的樣子。

「鬼屋，鬼屋！」

教室裡沸騰了起來，新老師的話題奏效，全班被「鬼屋」兩個字攪亂了一池春水，大家交頭接耳，嚷著自己知道的一點點道聽塗說。有些人加上了手勢，有些人降低了聲調，有些人揚眉露齒，有些人故意扮了幾個鬼臉。

「住在鬼屋裡面的那個男人，好像沒有臉喔！」

「是啊！他一來，鬼屋的門就開了，一定是他下了咒語、施了法術……」

「那……鬼屋裡住的到底是真鬼還是假鬼啊？」

大家加油添醋，把老木屋說得陰森森、黑漆漆、鬼影幢幢。

教室裡的熱鬧滾滾，看起來是拉近了師生的距離，她大概很高興自己挑對了話題，我知道，她笑咪咪的臉是這樣以為的。

沿著學校旁邊的小路走，大約五百公尺右轉，再走一百公尺，有一圈東倒西歪的圍籬。圍籬裡坐落著一棟黑色老木屋，屋旁有一棵高大的苦楝樹。

老木屋又破又舊，沒有人住在裡面，大門推不開，玻璃窗蒙上一層厚厚的塵土。我想，鎮上的人跟我一樣，都曾經好奇的從破了的玻璃隙縫中窺探。

屋子裡一束束的光線交錯著，灰塵在光影裡翻騰飛揚。千變萬化的灰塵粒子在光裡飄散，高深莫測的幻化著形影。那些無常的影像，被調皮的小孩繪聲繪影的描述，自此，「鬼屋」之名不脛而走。

暑假才開始的那天，一輛鏽蝕了的廂型貨車在小鎮進進出出，「噗噗噗」的引擎聲，點亮了我們的眼睛。「鬼屋」再度沸沸揚揚的成為熱門話題，因為這裡正是貨車的終點站。

廂型貨車來了，老木屋的門不知怎麼的，開了。開貨車的老人走路一跛一跛的，在「鬼屋」裡爬上爬下、忙進忙出。他的腿，瘸了。

缺了門的冰箱、沒了蓋子的洗衣機、螢幕破了的電視機，被搬進老木屋裡；一些鏽了的、沾滿污垢的鍋碗瓢盆，被送進老木屋裡；一捆一捆的

廢紙、紙箱，被堆進老木屋裡；一袋袋的保特瓶、鋁罐，疊在老木屋的地板上；一落落的舊書，斜靠在木屋後門屋簷下的露台上。

搬運的工作讓那個古怪的拾荒老人揮汗如雨，他脫去上衣，背部的肌肉因為用力而隆起，仔細一看，很多大大小小的疤痕，像是一隻隻張牙舞爪的蜥蜴，面目

猙獰的趴在上面。老人詭異的樣子，幾乎讓炙熱的空氣暫時停止呼吸。

鎮上的大人、小孩，老人、女人，或是等在路邊觀察、或是躲起來偷窺，不管是明目張膽的或是畏首畏尾的，拾荒老人一律不予理會，他只是忙著他自己的事。

起初我也有些害怕，只敢遠遠的張望，後來看他不理人，就倚在苦楝樹下，看他把這些破銅爛鐵往老木屋裡堆。

幾天後，他在不成形的圍籬邊上種滿了夾竹桃。兩個禮拜後，他竟然在我常常靠著的苦楝樹幹上，綁了一塊木板，上面龍飛鳳舞的寫著「有毒，閒人勿近」六個大字。

我不禁皺起眉頭，綁上這樣的牌子分明是要我別再來了，不過，這是不可能的。再怎麼說，我跟這棵苦楝樹已有十多年的交情了，好歹我也算是地頭蛇，怎能讓你這新來的……惡龍欺侮呢？

2. 白曉雲

「挑戰不可能的任務」一直是我的座右銘

「這個班……，嗯！還好啦！」李主任說。

「雖然已經六年級了，但是我們這兒鄉下，孩子調皮難免，但是秉性單純，還不致於有什麼太大的問題。」

我點點頭。

「只不過，……有個學生要多注意一點，她……不太說話……。她和奶奶住在一起，……不過，……。」李主任欲言又止。

我對李主任笑了笑，特別把學生的姓名記下來，她叫「柯珮珮」。

「妳自己看著辦吧！多用點心，總是把他們平平安安的帶畢業就是了。」

李主任說話的樣子很平淡，看不出來是期待還是鼓勵。這些，我都不在乎，重要的是學生，尤其是和奶奶住在一起的學生。我回想起那一段和奶奶住在一起的時光，那是我們生命中最美好的交集。

「白老師，歡迎妳到我們學校來教書，帶那個柯珮珮……唉！會很辛苦喔！」陳老師雖然嘆了一口氣，但是和坐在隔壁的張老師互相交換了一個眼色。

「這個柯珮珮，有什麼特別的問題嗎？」我想要一探究竟。

「她有沒有問題，我們是不知道啦！不過啊，……沒聽過她說話，倒是真的，也許……」她靠了過來，刻意壓低聲音，「也許是個啞巴也說不定！」

她的態度很曖昧。

「學生還算好解決，」另一位老師也過來湊熱鬧。
「反正就是在我們的眼皮子底下，盯緊一點就好了。可是她奶奶啊！
可是不得了中的了不得，超級難纏……」
「不知道妳年紀輕輕，是不是罩得住？」
「應該可以吧！」陳老師接腔。
「人家可是台北來的名師吔！校長欽點的喲！」
三位女老師一陣你來我往，把這番話說得酸溜溜的，嗆得我只得傻笑以對。
哇喔！這大概就是三姑六婆吧！我的腦袋裡出現了幾個胖女人，挽著菜籃，東家長西家短，道人是非的嘴臉。
這些的冷嘲熱諷是嚇不倒我的，「挑戰不可能的任務」一直是我的座右銘，這也是我選擇到資源較少的山林小鎮教書的原因之一。不過，說什麼我也沒法子把奶奶和棘手、難纏劃上等號，我自己的奶奶，一直對我疼愛有加。

開學的第一天，我就和這個不說話的柯珮珮正面交鋒。她上課不說話、下課不說話、整天不說話，不只不說話，而且連課都沒有在聽呢！她的眼睛從來沒有看過黑板，也沒正眼瞧過我一下，就連那個引得全班熱鬧滾滾、口沫橫飛的「鬼屋」飄出來時，都不見她動一下唇、眨一下眼。

我試著叫她回答問題，她總是不理不睬，有時被逼急了，她會勉強站起來，膝蓋卡在抽屜下，肚子擱在桌面上，面無表情，不知道是聽不懂、沒聽到，還是不會說、不想說。

當然不能放任柯珮珮這樣自由發展，看來家庭訪問是目前唯一的一條路。

我站在穿衣鏡前面，隨手撥了撥短髮，把領子理好，衣服拉平，對著自己扮了一個鬼臉，忍不住再給自己一個加油的手勢，準備出門。

的。

九月的太陽並沒有忘記這片山林，反而把小路晒得油亮亮、熱烘烘呼，我吹了口氣，抬起頭、挺起胸、打起精神來。

柯家的房子很偏僻，從學校出發往山裡走去，大約要二十分鐘的路程。這條山間小路，種了兩排濃濃密密的桂花樹。九月，小小的黃花綴滿樹枝。我腦中盤算著待會兒的應對進退，鼻子好像也就不靈光了。

柯家小屋隱身在岔路的小徑上，沿著小徑直上百來公尺，拐了個不大不小的彎，長滿鐵鏽的欄杆斜掩，欄杆裡圈著一棟洋房。

我繞過欄杆，好整以暇的在木門前站定，深深的吸一口氣，一股霉味隱隱令人做嘔，這讓我的神經變得有點兒緊張。

「有人在家嗎？」我敲著門。

悄然無聲。

「有人在家嗎？」還是沒有人回應。

「有人在家嗎？有人在家嗎？」我索性一邊敲著門，一邊扯開喉嚨喊著。

「誰啊！誰這麼吵？大呼小叫的……」

「找誰？」咔擦一聲，木門上露出了一個方形的小洞，小洞裡望出一雙冷漠的眼睛，配著這寒冷目光的是一副低沉的嗓音。

「妳好，我是柯珮珮的老師……」

「找她……」冷峻的眼睛往後轉，方形的小洞轉出了一撮花白的頭髮。

「柯珮珮，有人找妳……柯珮珮……」低沉的嗓音轉成了高亢。

「我不是來找柯珮珮的，」我趕緊說，那寒冷的目光又轉了回來，多了一點銳利，還帶著一些不耐煩。

「我是柯珮珮的老師，我來做家庭訪問。您是……」

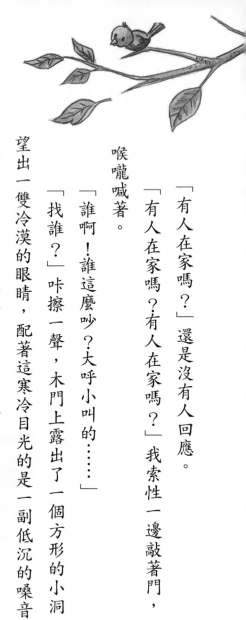

「第一，柯珮珮不在。第二，如果她不乖妳就修理她。第三，我們家沒有什麼好訪問的。」她的聲音裡包了很多子彈，機關槍似的連續發射。在引爆最後一顆火石之後，方形小洞「咻——咔」的一聲，就倏的被關上了。

我就這樣吃了閉門羹，舉起手再敲一次門，再敲一次門：「奶奶，我想和您聊一聊，一下子就好。」

「這個女老師真是不死心，糾纏不清。」我聽到裡面念念有詞。

「也不知道這丫頭死到哪裡去了！老師要來不會先阻止嗎？要不然就自己回來招呼！真的很不懂事……」門裡的聲音碎碎唸，又是抱怨，又是咒罵。

「等一下看到她，一定要好好的教訓教訓，越大越不像話……」

3. 柯珮珮

木屋的黑瓦閃著金光，迷漾的光彩讓人頭暈目眩

放學後我一點都不想回家。出了校門，東飄西蕩了好一會兒，拐進了學校旁邊的小路。有幾個小小孩，騎著小小的腳踏車，蹬著踏板，對著小路盡頭的夕陽急起直追。

空氣中飄著炒菜的蒜香味兒、乾煎魚的焦香味兒、紅燒肉的油香味兒，窗口邊上還冒著一團團炊飯的白蒸氣。晚風拿起指揮棒，在小路上忘情的揮舞起來，各種氣味兒賣力的合奏出晚餐交響曲。

我一面往前走，一面在空氣中分辨著別人家的晚餐。一直走到了路的盡頭，有毒，而且閒人勿近的老木屋，靜靜的站在暮色斜陽裡。

老木屋的黑瓦，一片片斜堆起來，幾個瓦片破碎的地方，被蓋上了一張張藍白相間的條紋帆布，儼然成了一塊塊的補丁。窗戶上破了的玻璃不知道修好了沒，因為窗櫺上已經橫橫豎豎的被釘上了寬窄不一的木條，直把陽光阻擋在屋外。

在夕陽的餘暉裡，老木屋殘存的黑瓦閃著金光，迷漾的光彩讓人頭暈目眩，我幾乎在光暈中看見它過去金碧輝煌的風華年代。隱隱約約，似乎有一雙隱形的手，牽著絲線，拉扯著我的雙腳，不由自主的向它走去。

我順勢踢起一顆小石頭，小石頭在空中劃出一道完美的弧線，「喀」的一聲，掉落在苦楝樹的旁邊。

苦楝樹高聳參天，粗大的樹幹包裹著紫黑色的樹皮，樹皮皸裂成不規則的條紋狀；滿樹的綠葉撐開一把大傘，秋蟬正抓住夏日的尾巴，「唧唧唧……唧唧唧……」的叫個不停，急促的聲音一直提醒人們，夏天已經過完了，生命即將畫下句點，「要珍惜啊——要珍惜啊——」

老木屋後門露台上堆積的舊書，讓晚風給吹起了扉頁，「啪啦啦……啪啦啦……」的引誘著我。幾個陳舊變形的靠墊散放在角落，我把它們靠攏起來，試了幾種不同的堆疊方式，最後蹺起一雙二郎腿，輕鬆的坐在上面，隨手抽了一本舊書，就著簷下昏黃的燈光翻看了起來。幾頁之後，感覺故事似曾相識。我一邊搜尋著自己的記憶庫，一邊掉進書中的情節。

找到了！找到了！我尋著一串回憶的腳步，這本書，是哥哥曾經為我唸過的故事。

「……女巫從來不會被捕。別忘了她的手指有魔法，血液中跳動著妖術。她能使石塊像青蛙那樣蹦蹦跳，使火舌在水面上閃動。」

「這種魔力是異常可怕的。……」

我把自己沉浸在故事裡，享受而且回味曾經擁有的幸福，那種被愛被呵護的氛圍，我以為我已經遺忘了，沒想到是被我推到心的最底層，深深的埋藏了起來，因著這個故事、這本書，幸福的氣味包裹著泡泡，竟被一點一滴的勾引出來。一直到肩膀上的一陣搖晃戳破了氣泡，我才把視線拉離書本。抬頭一看，是戴著尼龍帽、臉上佈滿皺紋和老人斑的拾荒老人。一道刀疤斜斜的埋在他的右眼，眼球消失，眼窩凹陷，上下眼皮連成一片而且皺成一團。他手裡拿著一個白板，上面寫著「回去，回去」。

第一次這麼近距離的和拾荒老人接觸，我著實被嚇了一大跳，反射性的把書本一丟，沿著木屋狂奔，衝到了前院，靠在苦楝樹下直喘氣。

天，早就黑了。

我喘了幾口大氣，好不容易回過神來，望著沒有一絲燈光的木屋，它是個盲眼巨人。我深深的吸了一口氣，一抬頭，頓時，再一次覺得自己又不能呼吸了。

初秋夜裡的薄霧，是從苦楝樹的綠葉裡緩緩的被噴出來的，淡綠色的霧串成了一條半透明的輕紗，無聲無息的把苦楝包捲了起來。新月在薄紗外若隱若現，夜，不是全然的漆黑，它只是把萬物染出一身暗藍。輕紗套住了我，把我和苦楝樹綁在一起。我不由自主的抱住大樹幹，臉頰貼在粗獷的樹皮上，想起小時候靠在哥哥的胸膛時，就是這樣的安全喜樂。

我，好想哥哥。

4. 白曉雲

我感覺到一股強大的壓力，無力感一直湧上來

每天下班回到宿舍時，我總得在門口站上好一會兒，呆望著自己的房間。

那個靠牆站立的小書架，看起來真的是消化不良了。架上的三片木板讓書給壓駝了背，四條細瘦的腳，看起來無時無刻都在發抖。塞不下的書已經爬到床上去了，只給我留下一個可以平躺的位置。還有些書溜到椅子下，玩起了躲貓貓，靜靜的等待主人尋來。有些書被擠到牆角，堆成了一座座小山。山巒高低起伏，沿著牆面攀附上了書桌，佔據了好大一片地盤，還好電腦已經事先就定位，才保住了方寸的空間。

這些書隨著愛書成痴的我東奔西跑，一本也捨不得送人。書，起初是被奉為上賓的，全住在高級套房裡。可是賓客越來越多，套房不敷使用，只好全送進了通鋪，便成了這般光景。

「唉！我也不想這樣對待大家，要是有個大書房招待各位，不知道該有多好……」我常常不知不覺的自言自語起來，或許這是我的一種思考模式吧！

「對了，也許可以選一些書……如果學生們能夠多看點……如果能讓他們愛上閱讀……」我摘下鼻樑上厚重的大眼鏡，認真的思考起來。

第二天，我氣喘噓噓的背著一個大背包進了教室。

「老師早！妳在負重練習喔！」一個孩子笑嘻嘻的，手插在腰上，看著我。

「不好笑吔！這麼重，呼！……請你來幫忙好嗎？」我上氣不接下氣的說。

「喔！重重重！什麼東西這麼重啊？」
「輕一點，輕一點，慢慢放在桌上。」
教室裡的同學全看著大背包。
我調整好自己的呼吸，看到有幾雙眼睛裝上了放大鏡，還有幾雙戴上望遠鏡，我忍不住笑了出來。只有柯珮珮望著窗外，缺席的眼睛把我的笑容轉成了嘆氣。
「老師，快點打開啦！」
我得多賣點關子。
「老師，別吊我們的胃口啦！裡面到底裝了什麼東西啊？」有人開始撒嬌了。
「想看嗎？」
「想——」
「有多想？」

「很想很想啦！」孩子賴皮起來了。

「好！好！好！看仔細喔！」

拉鍊一開，大家都圍了過來，腦袋一起往前擠。

「哇！」有人的眼睛亮了起來。

「喔！」有人拉長了臉，慢慢的走回座位。

「唉！」還有人嘆了一口氣，搖搖頭。

書，是書，背包裡全是書。我一本一本把書拿出來，孩子們各個感受都不相同。

「這是我藏書的一部分，想把它們放在教室裡，與同學分享，希望大家有時間多多看書。」

「耶！……」

「喔！……」

「啊！……」

全班騷動了起來，我注意到柯珮珮的眼神，微微的飄動著。

「還有，」

「這是我的 E-Mail，」我在黑板上寫著，「如果有什麼事，任何芝麻綠豆大的事，都可以用 E-Mail 寫信給老師，老師很樂意和大家討論、分享。閱讀心得也行喔！」

大家拿出紙筆把 E-Mail 抄下來，只有柯珮珮還是看著窗外，眼神飄得老遠老遠，沒有焦距。我看不出她是不是有聽見，也看不出她是不是有看見。她的樣子像是一座雕像。眼睛眨也不眨，一排長長的睫毛顯得深邃，但卻成了靈魂之窗上的簾幕，緊緊拉上，不讓一絲陽光進去。看著她白皙的臉龐，我感覺到一股強大的壓力，無力感一直湧上來，我趕緊逃離那雙虛無飄渺的眼睛，把注意力集中到其他孩子的身上。

「來說個故事吧！」

我，只好用故事化解壓力。

5. 柯珮珮

就算我把頭搖落了，大概也得不到答案

白曉雲老師不但有很多書，她也愛看書，而且很會說故事。她說故事的時候，就是在用聲音演戲，情節總是活靈活現的就在我們的面前演出，然後飄出濃郁的蜜糖香氣，牽引著全班像蜜蜂一樣的聚集過來。我的心思常常被她的故事從老遠的地方拉回來，拉著拉著進了教室，拉著拉著靠近了她。每次發生這種情況的時候，我總是掩飾得很好，特意盯著窗外，只讓耳朵滴水不漏的接住每個高潮迭起的情節。

下課鐘聲響起，同學們直往操場上衝，各個生龍活虎的到戶外去發洩熱情的青春和過剩的精力。這樣最好，教室裡只剩我一個人，我會假裝呆坐在位置上，一直到白曉雲老師批改作業時，才無聲無息的走到書架前，伸出食指，一路滑過一整排書，停在剛才故事沒說完的那一本，抽出來悄悄的翻閱。有時我猛然發現白老師偷偷盯著我看，即使背對著她，我也能感受到她灼熱的眼光，心頭一震，我立刻放下書本，轉身，發呆，成了不相關的沒事人兒一樣，警覺而且迅速。

我是喜歡看書的，只是我一碰書，白曉雲老師就在全班同學的面前提我的名字，我知道她的意思是鼓勵、讚美，可是我不需要啊！況且同學們投過來的那些眼神，像是一隻隻的魔手，搶著要扒光我的衣服，你知道嗎？這讓我非常的不舒服。

我不得不變成一隻驚弓之鳥，在學校盡量忍住書本的誘惑，放學後，再偷偷溜到老木屋後面，把那些舊書好好的蠶食鯨吞、大快朵頤一番。反正那個拾荒老人常常不在，只要留點神，在他回來時悄悄的開溜就好了。

現在，那個老人一直在老木屋裡忙進忙出的，他雖然沒有趕我走，可是我卻被他發出的聲響擾得很煩躁，書也看不下去了，算了！先回家好了。

這個「家」已經很久沒有伸出雙手來迎接任何人了。暗暗的房子，只有一扇窗戶透出燈光，人影隱約晃動。

我靠坐在那間唯一流瀉出光線房間門口的腳踏墊上，聽著裡面的動靜。

房間裡窸窸窣窣，是翻動的聲音，「喀！」，抽屜被關上了；「咿——」，衣櫃打開了；「啵！」衣服被丟在床上了；「乖——」，她坐在床緣，摺起衣服來了，衣服疊成一落一落，又放回衣櫃裡；「咿乖——咿乖——」，她躺在床上，棉被拉到了頭頂，有一點嚶嚶的啜泣聲從門縫流出來。

「唉！」我不由得嘆了一口氣，這些聲音真的再熟悉不過了，每天重複再重複。如果我是聲音，我一定要逃走。這樣日復一日，為什麼她不累，不煩？如果她出來，讓我進房間裡看一看，多好！我知道聲音不會出走，她也不會出來，就算她出來了，也會把房門鎖上。

為什麼？為什麼？就算我把頭搖落了，大概也得不到答案。

我睡著了嗎？剛巧有一顆星子隱沒在天邊，是啊！天空稍稍的露出了魚肚白。

我在哪兒呢？

喔！在腳踏墊上睡著了。

這是什麼？

外套的一角，貼在我的胸口上。

喔！好冷！

是……是奶奶的外套吔！她……，我緊緊戀著外套不放……喔！奶奶……

是奶奶？她把外套蓋在我的身上，這代表什麼意思？外套上還留有她特殊的味道，是什麼？

對了！是米漿晒過太陽的味道。

奶奶每次洗完衣服，都會用一個小棉布袋，裝入一些白飯或稀飯，泡在水裡把濃濃白白的米漿給搓洗出來。洗乾淨的衣服都得到米漿水裡漂一下，擰乾了以後再晾晒。

這是她幾十年來的習慣，她覺得上過漿的衣服硬挺，穿起來乾爽。可是哥哥總是嫌漿過的衣服太硬，太磨皮膚，總是使性子不肯穿。我倒是覺得漿過的衣服被太陽晒乾後有一種特殊的氣味，這種氣味便是奶奶獨特的味道。

現在那種獨特味道正從外套傳來，我覺得傳過來的不只是味道而已……，你知道的，那就像是一種……擁抱。

小時候……，小時候真的很遙遠，像是放了長線的風箏，風箏飛得又高又遠，遠到連收線都顯得費時費力。

那時，我總被包裹在奶奶的外套裡。我當然不復記憶，是哥哥告訴我的。奶奶疼哥哥，哥哥疼我，我最愛撒嬌，哥哥總是拉著我膩在奶奶身邊。那時，奶奶愛屋及烏，反正都是孫，都疼。

我就此以為奶奶的疼愛是真心的，真的，那時的疼愛一定是真心的。

我抱著外套來到浴室，奶奶背對著門口，正蹲在那兒洗衣服。好久沒有仔細看著她了！她的背怎麼駝了？是年紀大了，還是弓著身子洗衣服的關係？我其實也不太清楚。

「奶奶！」我怯生生的叫。

「嗯！」她頭也不回。

「妳的外套。」

「我的外套？我的外套怎麼會在妳那裡？妳自己沒有嗎？要拿我的？」聲音冷冷的從奶奶的背傳過來，我一聽，頭皮都要涼了。

「我沒有拿，是蓋在我身上的。」

「妳是說我把外套蓋在妳身上？哼！去洗乾淨再拿來給我。」

本來我是要過來說謝謝的，可是奶奶這樣一說，卻把我好不容易收好的風箏線又給放掉了。這次，我要任由風箏隨風而去，連線也不要了。

「妳就那麼討厭我？」我忍不住大聲的吼起來，聲音在浴室裡衝撞，「我我我」的回音到處彈跳。

「要死了，這麼大聲，叫魂啊！」奶奶一轉身，臉上的青筋浮現。

「告訴我，為什麼討厭我？」我放低音量，小聲的問，像是一隻討愛的小貓。

奶奶一怔，我感覺她想站起來，直覺的上前扶她，可是她把我的手甩開，我的心又縮了一下。

「妳是來討債的嗎？一天到晚想當老大，現在妳是老大了，這樣滿意了吧！我雖然老了，但是骨頭還很硬朗，妳放心，剋不死我的。」她仰起臉，字字如刀的刺進我的心底。

「我不要聽，我不要聽！妳不要再說這些，我——沒——有——」遇到這些話，我只能死命的搖著頭。

「沒有，沒有，就會說沒有，除了沒有，妳還會說什麼？我偏要說，妳命硬，野心大，到處剋，我還沒提醒學校的老師和同學要小心呢！」

我捂著耳朵衝出家門，倚靠在鏽了的欄杆上發狠的大哭一場。

今天太陽不會出來了，霧很大。我讓淚水在霧氣中慢慢風乾，淚痕無聲無色的掛在臉上，心痛。

「珮珮，吃麵了，珮珮——珮珮——」奶奶開了門，扯著喉嚨直喊。

這一喊，我的淚又奪眶而出。

為什麼？我真的不懂，前一刻妳那樣罵我，後一刻妳卻端出麵來哄我？

妳自己吃吧！就算碗裡的白煙散去，沒了溫度，青菜黃了，麵條吸飽了湯汁，脹在一塊兒成了大胖麵，我也不回去。我心中吶喊。

這種架吵過很多次，一樣的問題、一樣的回答、一樣的尖銳、一樣的對立。架吵完了，可以得到很多的寧靜和一點點的親情。我對奶奶的孺慕之情，竟然要用一場又一場激烈的爭執，才攢得一點一滴，真的很可悲。我知道現在回去，可以感受到一絲絲的家庭溫暖，可是我偏偏不回去，我想把那些沒有答案的問題通通拋進霧裡。

霧，越來越大，這種濃霧，並不多見，整個小鎮都深深的埋進霧裡去了。

我最喜歡霧。

霧，濛濛的，路邊的景物全糊成了一片，我可以想像路邊的桂花樹，吸一口花香；想像老木屋旁的苦楝樹，全身泡在雲霧裡的樣子。霧，讓很多東西模糊了，更重要的是，霧，包裹了我。今天的霧，讓我裹著一件隱形披風，任憑我飄到那兒也沒人看得見，這讓我有一種「很安全」的感覺。

這樣的日子上學做什麼呢？再說時間也晚了，上什麼學？

我繞過了沉沒在霧裡的學校，往老木屋的方向遊走。黝黑的老木屋今天披著一件厚厚的白紗，我幾乎看不到它的模樣。

我特別繞了苦楝樹一圈，伸手拍拍樹幹，像是和一位老朋友打招呼。樹幹結實的胸膛，撐起了一大片遮風避雨的港灣。雖然霧大得看不到綠葉，但眼前紮實的樹幹，仍然給了我可以信任的感覺。

我忍不住靠在紫褐色的樹皮上摩娑起來。

「你知道我又和奶奶吵架了嗎？」我叨叨絮絮的對著苦楝訴苦。

「她不喜歡我，她討厭我，為什麼？為什麼？我不是她說的那樣，你知道的。」

「我真的是一個命硬會剋人的人嗎？我不想當老大，一點都不想，哥哥才是老大，我什麼都聽他的。」

苦楝樹什麼都沒說。霧把我的問題捲起來，包成了一包，又還給我。我知道，再濃的霧也管不了我的事。

「小時候奶奶那麼疼我，為什麼長大就不疼了？」

「你願意聽我說話，我知道，夠了，這樣就夠了！」

我想起白曉雲老師不只一次問我「為什麼不說話？」，那時，我的腦袋裡閃過一些字眼：不想說、不知道要說什麼、說話做什麼？可是我心知肚明，這些不是真的答案，白老師要聽的也不是這些。真正的原因，若有似無的飄浮在心中，我想看但看不清，想捉也捉不著。可是，剛才跟苦楝的一翻告白後，我已經弄清楚了心中的那些愁雲慘霧。

我知道，我是一個罪人，一個傷痛的始作俑者，一個悲劇的製造者。

這樣的一個人，有什麼資格說話？為了不再多作孽，罷了！閉嘴吧！這樣……不會惹事生非。

白曉雲老師人很好，我打從心眼兒裡喜歡她。不知道今天她講什麼故事？我想念課堂上唯一吸引我的事。

「既然聽不到故事，就自己看吧！」一個細細的聲音鑽進我的耳裡，在霧裡說話的人是誰？

啊！上次那本沒看完的《女巫》*呢？我大步的走到老木屋的後門，在舊書堆裡翻尋。

書呢！那天的那本書呢？我一疊書一疊書的尋找著，這麼一大堆書，像大海撈針一樣。遍尋不著的手酸了、累了，只好一屁股坐在破爛的坐墊堆裡。屁股下硬邦邦的，手一摸，哈哈！《女巫》竟在墊子下等著我。

我翻到那天未看完的章節，一頁一頁細細的往下讀。

「……她這張真正的臉……是這樣的又扭又曲又枯萎，又皺縮又乾癟……」

這一段文字，讓我不禁閉上眼睛，深深的吸了一口氣，並不是害怕女巫的長相，而是再一次跌入了回憶的深淵裡。

那一年，那一天，那一夜，我窩在哥哥的床上，他翻到細寫女巫模樣的這一頁，一字一句的唸著。

「……它的樣子使人害怕和恐怖。它顯然不像樣；醜惡、腐爛、朽敗。」

哥哥的聲音時而渾厚，時而尖銳，唸活了女巫的樣子。那一夜下著雨刮著風，樹影在窗前晃動，風雨雷電化妝成嚇人的女巫而來。

那時，我六歲。

「……我可以看出皮膚都潰爛和蛀蝕了，好像長了蛆。」

哥哥的手指輕輕的在我的頸子上蠕動，癢癢的，讓我硬是浮出一身的雞皮疙瘩。

「……而且不僅如此。當她那雙眼睛繞著聽眾閃爍時，它們有一種毒蛇般的目光。」

一個閃電穿過窗戶，映在哥哥的臉上，他的眼睛露出兇光，對著我扮鬼臉。突如其來的閃電和怪臉，讓我不禁尖叫了起來，直往棉被裡鑽去。哥哥自顧自的放聲大笑，看著那一大塊突起的棉被輕輕的顫抖著，他伸出了大手拍著：「珮珮，別怕，別怕，嚇妳的。」

我躲在棉被裡一邊發抖一邊生氣，伸手在哥哥的大腿上捏了一下。

「唉喲！對不起嘛，別怕別怕。」他說著說著，又輕拍著棉被裡的我。

我迷失在回憶的洪流和書本的扉頁間，一下子哭一下子笑，一下子自言自語，然後又把自己埋在故事裡。

「……我被許多隻手抓住胳臂和腿，……我看到女巫大王站在那裡低頭看我，……女巫把整瓶藥水倒進我的喉嚨！」

「真糟糕！」一個聲音在耳畔響起。

「對啊！他要被變成老鼠了。」我接口說。

「……我的喉嚨像火在燒。……我全身的皮膚一點不假地在收縮！……」

「好可怕！」我說。

「嗯！可是很精采，男孩被女巫變成老鼠，太有趣了。」

我忍不住轉過頭來，想看看這個我說一句他也接一句的人是誰？

他就跪坐在我的身後，一直盯著書看。

哥哥！是哥哥，是我朝思暮想的哥哥。

「可以翻頁了，已經完全變成老鼠了。」

「哥……」

「有話待會兒再說，先把故事看完。」

我把眼光移回書本裡，感覺到哥哥熱切的眼神，就和那個風雨交加，唸故事的夜晚一樣。

那晚我從棉被裡探出頭來，臉上還掛著兩行淚水，哥哥細心的幫我擦眼淚，承諾不再嚇我。我們就這樣靠在一起，故事在哥哥的口中一直進行下去，我一直聽，一直聽，一直聽到眼皮沉重，不聽使喚的閉上眼睛。

「碰」的一聲，什麼東西掉落？聲音不大，但還是把我吵醒，一時之間不知道自己身在何方。等到散渙的眼神再度聚焦時，這才想起來自己是在老木屋的後門。地板上躺著《女巫》，封面上那個長髮、細爪的巫婆，正張大眼睛瞪著我。

我跳起來四處張望，滿是書本的露台上，除了書還是書。

「哥！」我不禁輕喚，聲音散放在空氣中，一下子就消失了。我搖搖頭揉揉眼睛，這樣可以讓自己更清醒一些。我是不是太累了？是睡了一覺？還是做了一個日思夜想的夢？不不不，那不是夢，哥哥很真實，他真的回來看我了。我拾起地上的書，要找拾荒的老人借書嗎？我想到他的長相，猶豫不決了起來。

「拿去看吧！」那個白板又晃到我面前，是拾荒老人。

我低著頭，看著他那雙露出大腳趾的破布鞋，點點頭，把《女巫》抱在胸前，轉身快步離開。

這時天色已暗，幾許殘留的橘紅掛在苦楝樹梢，我走過去，靠著苦楝樹。

「哥哥回來看我了，他和我一起看《女巫》，和以前一樣。我要回去再努力看書，他一定會再來的。」

我充滿了信心，只要哥哥回來就好，即使在夢中我也甘願。

＊《女巫》（The Witches），羅爾德・達爾（Roald Dahl）著，任以奇譯，志文出版社，一九七〇年。

6. 白曉雲

這是「想念的畫作」

「老師，說故事嗎？」

不知道從什麼時候開始，這句話成了同學們的每日一問了。

「說說說，今天來說一個真實的故事。」我笑咪咪的說。

「是……妳的故事嗎？」有人賊頭賊腦的問。

「是的，正是我自己的故事。」我承認得很乾脆。

「國小二年級的時候，我第一次搬家。搬家這件事實在讓我很興奮，根本不管我們是要從都市搬到鄉下。那時年紀小，也顧不得爸爸、奶奶忙著打包，我只是抱著我心愛的洋娃娃在行李間鑽來鑽去……啊！很像在走迷宮呢！」

說著說著，我開始回想當年那個小女孩的樣子……

「搬家的那天晚上，我和我的洋娃娃坐在小貨車後面，路，顛顛簸簸，車，搖搖晃晃。起初我假裝是在坐碰碰車，過不久，就頭昏腦脹的睡著了。等我再醒過來的時候，洋娃娃已經不在我的手上了。」

我望向窗外，那裡上映著我的童年。

「這個洋娃娃對我來說意義非凡，她是我的第一個洋娃娃，是我爸爸送給我的，而且我非常非常喜歡她。我哭著要我的娃娃，奶奶不肯回頭，說是路途太遙遠，而且夜很深了。」

「我還記得她對我說：『到處烏漆麻黑的，一定找不到。』……」

「我一路哭到新家，爸爸承諾再買一個新的給我。我搖搖頭，因為我唯一也是最心愛的娃娃已經遺失了。從那時到現在，我再也沒有抱過洋娃

娃……」

「這件事在我當時幼小的心靈中，就像世界末日一樣的黑暗。」

我轉身在黑板上畫起了那個遺失的洋娃娃。

圓嘟嘟的臉龐，水汪汪的大眼睛，小巧玲瓏的鼻子，配上一個櫻桃小嘴。長髮紮成了馬尾，馬尾上綁了一只紅色的大蝴蝶。娃娃穿著一件天空藍的迷你洋裝，洋裝上有一朵大大的白菊花。我完全沒有忘記她的模樣。

「這是我奶奶給娃娃縫製的衣服。」我說。

「而且她還穿著一件三角褲喔！」全班都笑了。

我拿出一張照片給全班傳閱。

照片裡的小女生摟著一個洋娃娃，她們倆穿得一模一樣，正是我和我的洋娃娃，而那一身行頭，就是奶奶的傑作。

「老師，妳和洋娃娃也穿著一樣的……一樣的三角褲嗎？」這句話惹得全班一陣狂笑。

「我忘了咄！就當作是吧！」

「這是『想念的畫作』，」我指著黑板上的洋娃娃說，「我希望大家把失去的畫下來，或許是親人，或許是寵物，或許是生離死別，或許是……」

冬寒

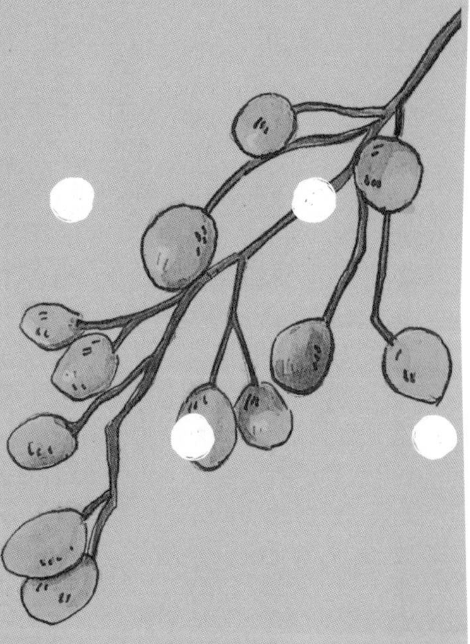

7. 柯珮珮

我用心中的倔強奔馳，用頑強打造一套堅硬的盔甲

對於這種「失去」的故事我完全感同身受，白老師的親身經歷，在我的心中開出了一朵小花。但是，不經意和她四目相接的那一剎那，也不知怎麼的，小花就乘著蒲公英長了毛的種子，隨風而逝。也許對於這種關心的眼神我已經完全陌生了，陌生到了害怕的程度。我，不值得。

圖畫紙一張一張的發下來，蠟筆沙沙沙的在紙上飛奔。我望著白花花的紙張心動了起來。好吧！只要不用說話就好，就畫個幾筆吧！我感覺心中想要動手的衝動，畫哥哥吧！

我想著那天和哥哥一起看《女巫》時，他那認真的表情、對故事渴望的眼神。小時候，他會唸故事給我聽、哄我睡覺……，我真的很想他，好久沒看到他了……

我畫上哥哥濃濃的眉毛，還有他每次看著我的眼神，愛、呵護、寶貝……

我們總是一起玩，他會陪我玩扮家家酒，他演哥哥，我演妹妹，他最疼我了……，還有一起玩球……

啊！玩球……球……，不！不能想球……我討厭球……，我的心好痛……不是這樣的……我的蠟筆亂了陣腳，不由自主的在紙上塗了起來。

不能再畫了，畫不下去了，我踉蹌的推開椅子……，教室裡太……太悶了……，我待不住……一定得出去透透氣……

「柯珮珮，妳要去哪裡？現在是上課時間……」

我聽到白老師在叫我，我在走廊上跑了起來，一定要離開才行。就留下那張被覆蓋在一堆塗鴉下面的臉龐給她吧！

我是一匹野馬，我用心中的倔強奔馳，用頑強打造一套堅硬的盔甲，我要把心靈密密實實的封印在裡面，誰都不能進入，誰都不能，誰都不能……，然後把我的軀體留在堡壘外面……遊蕩……

我逃離教室直奔老木屋，倚在門廊上發了半天呆。拾荒的老人從來沒說過話，就像他頭上的尼龍帽從沒拿下來過一樣，必要的時候他會背一個小白板，用來與人溝通。他對於我的進進出出視若無睹，這樣最好，我逃走的時候會有一個地方可以待著、躲著、哭或笑。他從不主動搭理我，剛好我也不愛說話。我習慣了他的長相。

我隨手拾起一本書，就把自己埋進去，發狠的要把故事啃噬殆盡。故事近了尾聲，大約再十來頁就結束了，可是我飢腸轆轆的肚子咕嚕咕嚕的叫得兇，像是在抗議我只給眼睛看故事，而不顧肚子餓得大腸包小腸。腸胃這一番嚴正的抗爭，讓我怎麼也看不完剩下的故事。

就在這個餓到兩眼昏花的時候，一個便當遞到我的面前，是拾荒老人。他在白板上寫著「吃吧！」

我想也不想，毫不客氣的接過便當，溫溫熱熱的。打開一看，裡頭的菜色很熟悉：一隻滷雞腿、炒高麗菜、幾塊豆乾丁和海帶結還有白飯，很像學校的營養午餐。他手上也端著一個便當，同樣是滷雞腿、炒高麗菜、豆乾丁和海帶結、白飯。我懶得問便當哪裡來，一邊大口大口的吃了起來，一邊貪婪的盯著故事的結局，誰管誰呢！

故事比晚餐早結束，我鬆了一口氣，把剩下的飯菜撥到嘴裡，拿著空空的飯盒瞅著他。他指指屋裡，我有點猶豫，我從沒進過老木屋裡呢！但總不能吃了人家的飯還要人家幫忙洗便當盒吧！

推開門，一腳跨進屋內，眼睛一時不適應屋裡的昏暗，被滿坑滿谷的雜物絆了個狗吃屎。我坐在地板上，心中暗暗的咒罵了幾句，揉著撞痛了的膝蓋，好一會兒才看清楚屋內的一切。

唉喲！真是不得了啊！怎麼會堆這麼多的東西呢？仔細一瞧，還真的有那麼一點兒學問，這老人分門別類的工夫做得真是到位。資源回收的東西雖然很多，但是都各有其所。我順著歪歪曲曲的「旁門左道」來到裡面的洗手間清洗便當盒，抽了幾張衛生紙，順手把便當盒擦乾，眼睛心不在焉的到處飄啊飄的，然後，你知道嗎？本來飽餐一頓的心情還算心滿意足，可是當我看到「她」躲在櫃子下面那個陰暗的角落時，整個人汗毛都豎了起來。

那是一個拱型的木頭櫃子，裡面的隔板剝落，櫃子門上的玻璃已經不見了，只留下了門框，裡面放滿了各式各樣的玩偶。有填充的布偶，有金屬的機器人，有塑膠的娃娃。但是那個紮馬尾綁著大紅蝴蝶結，穿著一件褪了色的天空藍洋裝的洋娃娃，讓我大大的吞了一口口水。洋娃娃無聲無

息的背對著我，孤單單的坐在櫃子最下面的一張小竹椅上。我實在忍不住了，踱著小碎步過去……，蹲下……，輕輕的、緩緩的……把娃娃轉過來……，洋裝上那朵大白菊花細長的花瓣，睜大了數十隻眼睛無辜的看著我。

這個娃娃我並不陌生，白天初見時，她是被畫出來的，是平面的，現在她卻活生生的在我面前。橡膠做成的身體摸起來黏答答的，臉上斑駁的污垢點點，一頭攏不齊的髮絲，沒有白曉雲老師畫出來的光鮮亮麗。可是我知道，任何一個人都知道，她們的的確確是同一個洋娃娃。

我盯著洋娃娃直發愣，渾然不覺一個陰影正在悄悄的靠近。直到那黑暗的影子完全籠罩著我，我才回過神。一轉身，拾荒老人唯一的一隻眼睛正惡狠狠的瞪著我，那佈滿血絲的眼珠子出奇的大，彷彿是一個噴出憤怒岩漿的火山口。他一隻手搶走了我手上的洋娃娃，斗大的「滾」字扭曲歪斜，朝著我怒吼，連白板都在發抖。老人怒不可遏，喉嚨發出咕嚕聲，捶胸頓足，像是一隻張牙舞爪的毒蜘蛛。

我的心狂亂不已，顫抖的程度不亞於他，我只是忍著，忍著不讓顫抖傳到嘴唇。我緩緩的起身，轉身，昂首闊步假裝勇敢，用一種若無其事的輕鬆離開老木屋。

天空看不見月亮，夜裡的苦楝樹看起來很孤僻。

「你別怪我，那個洋娃娃對白老師很重要的。」我心裡暗暗的說。心中的害怕已經讓疑惑取代了，對於事情的來龍去脈，我百思不得其解。

用一整個沉重的腳步走回家時，才發現家裡的燈一盞都沒開，只有廚房裡的水龍頭嘩啦嘩啦的響著。我順手開了燈，看見奶奶正在洗碗，餐桌上丟了一塊肉鬆麵包，我知道那是給我的晚餐。雖然我已經吃飽了，但還是拿著麵包，而且輕輕的咳了兩聲。

奶奶手上的動作稍稍的停頓了一下，可是不到眨眼的工夫，就接續的洗了鍋子，動作彷彿流水一般不曾中斷。我安安靜靜的溜回房間，縈繞不去的洋娃娃也跟著進了房裡。

「應該不會是偷的吧！」

「是老人偷了娃娃嗎？」

「是他撿到的吧？……這麼多年了……」

「說不定是拾荒拾到的！對！拾荒拾到的。」

「物歸原主。」

腦袋裡竟然直接跳出這幾個字。

「是我拿去還？還是告訴他，讓他拿去還？」

「還是告訴白老師，讓她自己去拿？」

我實在沒有答案也拿不定主意，「再看看囉！老人好像很在乎那個洋娃娃。」

我想到他那一道銳利的目光，像是一把帶著殺氣的劍。

8.

白曉雲

連續丟過來兩個問號，讓我一時語塞

下個禮拜就要期末考了，全班都繃緊神經，全力以赴。我忙著趕課、複習，柯珮珮還是老樣子，像個局外人氣定神閒的發呆。

第一節課複習國語，第二節課馬上發下一張國語練習卷，同學們個個埋首書寫，我順勢坐在椅子上休息一下。

月考不止給孩子壓力，而且我也跟著緊張。這個鄉下地方，家長多半忙著賺錢，甚至有些父母到外地去工作，就把孩子留給祖父母，這種「隔代教養」早已司空見慣。一想到上次和學生阿公的對話，我就無力。

「老輸啊！妳一直講古呼學生聽，擱叫學生看那些有吔嘸吔閒仔冊，到底是嘸咧教冊無？」

「聽故事嘛是一種教育啊！」

「唉唷！那種教育我不懂啦！國語和數學巧重要啦！這次考試，阮阿發阿吶無進步，我是要來去找校長喔！」

我真的是無言以對。

沒想到，試還沒考，校長就先召見了我。

「白老師啊！鄉下不比城市啊！」校長開門見山的說。

「家長要的是成績啊！」

「校長，孩子的成績不單單只是學校和老師的責任，家長也很重要……」

「我知道，」不等我說完，校長就把話岔進來了。

「妳說的都是理想。我們這裡單親家庭的爸媽，光是賺錢就忙得焦頭爛額了，隔代教養的祖父母，對孫子根本使不上力，更不用說是外籍新娘的無能為力了。學生的學習和成績，學校不一肩扛起，行嗎？當老師的不站在第一線，行嗎？」

連續丟過來兩個問號，讓我一時語塞，我隱約覺得哪裡不對，可是又說不上來。

「要說故事，我不反對，先決條件，把學生的成績拉上來，給家長一個交代。」

校長和家長一同施加的壓力，使得我不得不短暫的屈服，可是我暗暗發誓，等考試完畢，要用更多的故事來彌補孩子們這兩個禮拜所受的煎熬。眼前得先過了考試這一關才行啊！還有這個柯珮珮，本來程度就不好，這可怎麼辦才好？都一個學期了，她還是不理我。

唉！沮喪一直湧上我的心頭。

9. 柯珮珮

我，決定採取行動

放學後，白老師背起背包，手裡拎著提帶，出了校門一路往老木屋走去。那只提帶沉甸甸的，看起來裝了好多東西。我尾隨在她後面，腦袋裡翻滾著問號。

「不知道拾荒老人的氣消了沒？」

「白老師到老木屋去做什麼？」

隨著白曉雲老師的前腳才走進木屋，我的好奇心後腳就到了。屋裡本來就堆滿了各式各樣的雜物，我很容易的找了一個好位置，把自己藏起來。白老師從提袋裡拿出三個便當盒，放在桌子上。

難怪，我會在這裡吃到學校的營養午餐，原來如此。我早該想到是白曉雲老師了。用學校吃不完的營養午餐來照顧獨居老人，真是個好點子，真的很佩服她，她心思細密人又善良，唉！心腸這麼好的人，不知道能不能承受那件事。

送完便當的白曉雲老師只在後門的露台上稍微的翻翻書，就回去了，老人的白板上寫著「謝謝」兩個字。一會兒，我若無其事的現身了。老人像往常一樣，只看了我一眼，便不再理我了。呼！我偷偷的鬆了一口氣。

今天我完全沒辦法靜下心來看書，因為我不是要來看書的，我只想再看那個洋娃娃一眼。我假裝要上廁所，進了屋裡，溜過了那個滿是娃娃的木頭櫃子，洋娃娃不在小竹椅上了。

一定是被他收起來了。

顯然這個娃娃對老人很重要，他不要別人碰，甚至看一眼都不行。

可是這個娃娃對白曉雲老師也很重要……，我要想個辦法。

考試來了，大家摩拳擦掌的等著展現努力的成果，我心裡有更重要的事，實在沒辦法專心，依然飄飄的來飄飄的去，等待時機，展開行動。

同學們用一種「都這個節骨眼了，妳還在我行我素」的眼光瞪著我，一些耐不住性子的人開始對我冷嘲熱諷。

「她這樣會影響我們班的平均成績。」

「白老師可能會被校長罵吔！」

「柯珮珮怎麼能這樣呢？害群之馬。」

「她根本就是我們這鍋好粥裡的那顆老鼠屎。」有人做了最後的總結。

面對同學們的指責，其實我一點也不在乎，可是如果因為我的成績不好，害白曉雲老師被校長罵，那我就真的過意不去了。其實白老師對大家很好，我喜歡她。正因如此，我要更努力的追查洋娃娃事件。

經過幾天觀察，我確定白曉雲老師並不知道洋娃娃在老木屋裡。而拾荒老人也不願意把洋娃娃公諸於世，他把她藏起來了。

我，決定採取行動。

10. 白曉雲

他倏地變了臉色，陽光般的笑容，頓時佈滿烏雲

期末考考卷一發下來，大家埋頭苦幹，看學生把平日所學的功力，全部灌注到試卷上，心中感到非常的欣慰。就連柯珮珮也不例外，她振筆疾書，完全沒了以往發呆做白日夢的樣子。不知道是我的念力感應了她，還是她忽然開竅了。

好不容易，第一天考完，大家繼續奮鬥。明天再來二科，我們身上的重擔就可以放下了。

第二天，最後一節課考完數學，我收了卷子，趕快改完，趕快開始算他們的學期成績。

柯珮珮考得非常不理想，可以看出她很想把她那一點墨水，全都塗抹在試卷上，不過，她落掉的功課實在太多了，不是一朝一夕可以補回來的。

三十八分，唉！我長長的嘆了一口氣。考題的這一面得了一個難過的分數，背面還留了一大片塗鴉。

我把她的考卷翻到背面一看，冷不防的倒抽了一口氣。有一把馬尾，上面紮了一個大紅蝴蝶結，旁邊寫了一個「老」字；接著又有一件洋裝，沒得塗上顏色，但洋裝上的白菊花可是一片花瓣都不少，旁邊寫了一個「木」；最後是一件小花內褲，寫上一個「屋」字。

我的天啊！這是什麼意思？這個柯珮珮是什麼意思？

我抓起辦公室的廣播系統：「六年級柯珮珮同學，請馬上到辦公室來！」

「這是什麼意思？」我指著她的考卷問。

柯珮珮用手點了「老木屋」三個字。

「洋娃娃？老木屋！」我疑問，她點頭。

「洋娃娃在老木屋？」

「妳看見了？」她更用力的點點頭。

我一手抓著考卷，一手拉起柯珮珮，穿過操場直奔舊書店。我不想用跑的，我想用飛的。

老人正蹲在院子裡捆綁廢紙。我氣喘嘘嘘的站在他的面前，他抬起頭來望著我，露出一口黃板牙，對我微笑點頭。我把考卷「啪」的一聲放在他面前的紙堆上，他倏地變了臉色，陽光般的笑容，頓時佈滿烏雲。

「我要看這個洋娃娃。」

他過身去，繼續綁他的廢紙。

「我要看這個洋娃娃。」我繞到他的面前，又說了一次。

他不抬頭，只是使勁兒用力的拉著塑膠繩，好像恨不得要把廢紙全部勒死。

「我要看這個洋娃娃。」我蹲下來，兩手撐在地上，跪在他的面前，臉上寫滿了堅持。

我們四目相接，一動也不動，眼神凝結在空中，頓時凍成了兩座雕像。就這樣僵持了幾分鐘，我終於忍不住大叫了一聲：

「啊——！我要看這個娃娃。」眼淚伴隨著嘶吼聲滑落，一滴，一滴。

11. 柯珮珮

陽光直刺刺的射進了晦暗的角落，心，一下子亮了起來

我躲在苦楝樹後面看著這一幕，我是罪魁禍首，一個禍一個禍不停的闖。我真的不吉祥……，我的眼淚也一滴一滴的掉落。

白曉雲老師瘦瘦的瓜子臉，掛著兩行清淚，淚水滴滴答答的流，哭扁了的嘴配著皺在一起的眉。

老人仔細的打量眼前哭泣的臉龐，他突然捧起白老師低垂的臉，手抖得很厲害，一隻獨眼根本不夠用來看清眼前的這個女老師，喉頭嗚嗚的發出一串急促的聲音，含混不清，不知道他要說些什麼，只覺得聲音裡透著激動、急切。他臉上的烏雲散去，反倒是映出了一道彩虹。

白曉雲老師撥開拾荒老人的手，低聲的嗚咽著：「求求你，讓我看看那個洋娃娃。」她不停的啜泣，肩膀因此上下不停的抽動。老人點點頭，三兩下就從地上爬起來，一跛一跛急急的往屋裡走去。

白曉雲老師的眼睛整個亮了起來，好像兒時所有的希望、編織過的夢想、生離死別的回憶，全部湧上心頭。她一把抱住洋娃娃，不爭氣的淚水再度飛奔而下，她緊緊的、緊緊的抱住娃娃，這麼多年後的失而復得，讓她的心全給糾結在一起了。

白曉雲老師請假了，下學期才會回來，這個消息讓全班同學一陣錯愕。

「再過幾天就放寒假了，老師竟然撐不下去……，一定是『那個人』成績太爛，害老師被校長罵。」同學們把矛頭再度指向我。

對於同學的指責我無心辯解，也不會辯解，更不想辯解，就默默的承受這一切吧！我早就習慣了同學異樣且不友善的眼光，嗯！不只是習慣而已，還有更多的漠視。事情的來龍去脈我很清楚，只是有點兒擔心白老師不再回來了。

不一會兒戴著金邊眼鏡的李主任走進教室。

「同學們坐好，這節我來代課。」

「喔！」同學們一陣嘩然。

「你們老師交代我唸故事給你們聽，要認真一點。」

李主任揚揚手上的書。

他清清喉嚨，翻開書本：「故事要開始了。」

故事是開始了，但是……，唉！但是……，沒想到……，主任……，他的聲音……他的聲音平得像是蒸汽熨斗強力熨燙後的襯衫。

「好無聊喔！」有同學在竊竊私語。

「安靜！」李主任對著那些同學喊著。

「要不是你們老師堅持，我才懶得……」李主任也忍不住抱怨了起來。

有的同學趴在桌上，有的雙手撐著下巴，有的望著窗外，我知道大家心裡不但記掛著白老師，還咒罵著我。

隔天，還是李主任來代課，他拍拍手示意大家安靜：「我真的很想唸故事給大家聽，可是實在太辛苦了，所以呢！我準備了故事錄音帶，要不然我真的會口乾舌燥，而且太累。」

台下有一些輕笑聲，同學們眉來眼去的，心知肚明根本不是那麼一回事兒。我一想到是故事錄音帶，心涼了半截。小孩子才聽的那種做作的、讓人起雞皮疙瘩的聲音，還會故意講「小朋友，你們知道這個故事給我們什麼啟示嗎？」之類的教訓。唉！白老師，妳在哪裡？我很擔心妳呢！

看著錄音機的PLAY鍵被按了下去，我心中又嘆了一口氣，故事，又要開始了。

錄音機裡緩緩的傳出說故事的聲音，那個娓娓道來的聲音，意外的暫停了我的心跳，把我所有的煩惱「刷」的一下踢出腦袋。你知道嗎？像是一片厚重的窗簾倏的被拉開了，陽光直刺刺的射進了晦暗的角落，心，一下子亮了起來。

當年，這個聲音陪伴我度過了愉快的童年。現在，這個聲音又回來了，我心中那個沾滿塵埃的角落，重新被撢乾淨了。花開了，蝴蝶飛來了。我感覺我的嘴角微微的牽動，盪漾出迷戀的笑容，被遺忘了很久的好心情，重新被錄音機裡的聲音啟動了。不管怎麼聽，這個聲音分明就是哥哥的聲音，這個故事就是哥哥唸的。

這一節課，我幾乎忘了所有人的存在，包括我自己。下課後，錄音帶順理成章的被李主任帶走，我感覺我的靈魂也被帶走了，我不由自主的跟在主任的後面到了辦公室。錄音帶四平八穩的躺在辦公桌上，神氣得好似對於接下來要發生的事瞭若指掌。李主任坐下來，喘口氣喝口水，我在桌前站定，眼睛眨也不眨的盯著錄音帶看。

「有事嗎？」

我伸手指著錄音帶。

「故事很好聽？」

我點點頭。

「還想再聽？」李主任有一點不耐煩。

我又點點頭。

「拿去吧！連書一起借給妳！」

我知道他一心想快點把我這個只會闖禍又陰陽怪氣的怪胎打發走，我一手抓起錄音帶，一手拿著書，急忙離開辦公室，連聲謝謝也忘了說。

我心中一直保存著上次在老木屋遇到哥哥的溫暖經驗，那種促膝共讀的感覺，真是令人回味再三。只可惜還來不及和哥哥敘舊，他就走了。

現在借到了故事錄音帶，有了聲音的加持，哥哥再回來找我的機會就大增了。我真希望能再遇到哥哥，我有很多事情要問他，也有很多話要對他說。

今天拾荒老人並不在家，我從門縫裡窺探，裡面安安靜靜的，連灰塵都沉默得不發一語。我坐在苦楝樹下慢慢的看著借來的書，一直到暮色沉重，還是不想回家。

書，無疑的是填補創痕的良藥。要不是有這麼一些精神糧食安慰我，要不是有老木屋讓我歇歇腿，喘喘氣，我大概沒有勇氣面對家裡冰冷的空氣。不過，現在我並不願意多想，我寧願把自己沉溺在故事裡。哥哥曾經在這裡出現，有可能還會再來，也許這是我流連在此的主要原因之一吧！

說到書，我突然想到哥哥房間裡的那個書架。記憶中，架上可有不少書呢！有機會可得進去哥哥的房間，搬一些書出來看。

冬天早就來了，苦楝樹的葉子紛紛飄落，它的葉子不是一片一片掉落的，而是一枝幹一枝幹掉光的，在一夜之間就露出了光禿禿的樹枝，粗細不一的枝條直指青天，剩下一身骨架子頂天立地，一副不可一世的姿態。

我仰望掛在苦楝樹上空的星斗，淡薄的雲霧輕飄，氣溫雖低，但只要靠著苦楝樹，心裡總是暖烘烘的。不像一進家門，心就像掉到冰窖裡一樣。

像往常一樣，家裡並沒有點亮任何一盞燈。我實在想不起來，從什麼時候開始家裡不再開燈，即使是哥哥的房間。進了門，就著斜照的月光，奶奶弓著身子正在沙發上摺衣服。我開了燈，用輕得像是貓咪的腳步聲，囁嚅著：「我回來了。」

奶奶抱著一落摺好的衣服，往哥哥的房間走去，我聽著熟悉的關門聲，以及從門後傳來衣櫃、抽屜開開關關的聲音，心，迅速的凍成了一顆冰球，這冰球怎樣也滾不進門內。那些「咿咿啊啊」的聲音，匯成了一道洪流，阻斷了我和奶奶的心。

我熄了客廳的燈，拎著書和錄音帶進了自己的房間，我要進駐一個自己建構的王國。我要在書的世界裡，讓故事來主宰喜怒哀樂，這樣可以放空心靈，讓自己只剩下一個軀殼。

手裡翻著書，播放著帶回來的錄音帶，把這兩種熟悉攪拌在一起，等著哥哥來訪。不知道是太安心還是太放心，我竟然枕在書上打起盹兒來了，整個人就這樣矇矓了起來。不知道過了多久，是被鑽進房裡的冷風凍得直哆嗦，還是被急匆匆的敲門聲吵醒？還來不及甩動麻痺的手，如打鼓般「咚咚咚」的敲門聲，在夜空中響個不停。

敲門的人連一點應門的時間也沒給我，只是一直不停的拍打，像一陣急降的冰雹，又大又響。我怕把奶奶吵醒，連拖鞋都來不及穿，衝到樓下把門打開。是拾荒老人。在寒冷的冬夜裡，他竟然渾身是汗，斗大的汗珠從額頭上一滴滴的流下來，像是從雨中穿過似的，一身濕。
「曉雲呢？」他在白板上寫著。
是為白曉雲老師而來的，我搖搖頭。
他又匆忙寫著「學校找不到，宿舍找不到，曉雲呢？」
我還是搖搖頭。不知道這個老人找白曉雲老師做什麼！是不甘心把洋娃娃給了她嗎？
「今天沒來上學，」我拿起筆，在他的白板上寫著。
「主任說請假。」
「怎麼跟她連絡？」
我又搖搖頭。難道他真的是要把洋娃娃要回去嗎？不會吧！
「真的沒辦法？」他看起來真的很著急。
我想了又想，想起白老師給過大家 E-Mail。
「有 E-……」糟了，不知道那個 M……怎麼寫。

他一直在E的後面畫圈圈，他想知道E的後面有什麼魔法可以用。

「E-Mail。」我擠出了幾個音。

「是什麼？」他飛快的寫著。

「用電腦寫信。」我說。

「怎麼寫？」

我兩手一攤，兩肩一聳，我怎麼知道呢？

我是真的不知道E-Mail怎麼用，就連白老師的E-Mail我也沒有抄下來，不過就算抄下來，現在也不見得找得到，很明顯的後悔已經來不及了。

「去查去查，」他急得在白板上寫著。

我點點頭。

「明天就要。」

也不知道為什麼，都還沒有弄清楚拾荒老人找白老師的目的，就不由自主的點頭答應。也許我自己也想知道白老師現在怎樣了吧！

這一夜真讓人輾轉反側，腦海中浮現不出一個可以「借問」的人，我知道沒有人和我同一國，就算問了，也不會有人會告訴我。

學期的最後一天，馬上就要結業式了，我硬著頭皮在典禮還沒開始以前走進辦公室，站在李主任的前面，這是我想到唯一有可能幫忙的人。

我遞出一張紙條：白老師的E……電子信箱：

電子信箱這四個字，是昨晚想了好久才想起來的中文。

「要白老師的E-Mail？」

我點點頭。

「做什麼？」

這教我怎麼說呢？

「別光是看啊！妳不說，我怎麼知道要不要給妳？」

「我有事找白老師。」我用了全身的力氣擠出話來，但是聲音還是小得像是蚊子叫。

李主任看著我，不知道他在想什麼？

一會兒，他拉開抽屜，翻出教職員通訊錄，填在紙條上：misswhite@yahoo.com.tw 順手還在E-後面補上 Mail 一字。

結業式之後，我飛奔到老木屋，手裡捏著紙條，想像拾荒老人看到E-Mail的樣子，也許可以為他昨晚的焦急換上一張笑臉。

我的想像很快就破滅了。拾荒老人弄來了一台電腦，正被一堆粗粗細細的電線搞得焦頭爛額的。線怎麼插好像都不對勁，螢幕一片空白，他癱坐在地板上，一動也不動，呆呆的望著全然陌生的機器，眼神裡盡是哀傷混著絕望。

我揚起手上寫了 E-Mail 的紙條，他不為所動，根本無視於我的存在。完蛋了，我們全是電腦門外漢，這下子如何是好！有了 E-Mail 也沒有用。老人沒有頹喪太久，他拿著白板，寫上「可以幫忙裝修電腦嗎？」匆匆的離開老木屋。我尾隨他到了學校的辦公室。

拾荒老人在辦公室門口站定，敲敲門，把白板放在胸前。即使是要開始放寒假了，李主任和幾位老師還是在學校上班。大家聽到敲門聲，都抬起頭來望著拾荒老人。

老人指著白板，希望尋求援助。辦公室裡沒有人出聲，老人的失望抹在臉上。

最後還是李主任開口：「李平，你去幫個忙吧！」

辦公室裡的一個少年點點頭。

他的輪廓不深，因為鼻子並不挺，鼻頭上還冒出了幾顆青春痘。大大的眼睛，在一雙劍眉下，看起來炯炯有神，恰好修飾了塌鼻子的小小失誤。高高的額頭，理了一個清爽的小平頭。身材細瘦，但不虛弱，那是一種成長的標示，身體正在拉高。

他對拾荒老人笑了笑，也點點頭。他的笑看起來有些害羞有些稚氣，那個樣子看起來頂多是一個七年級或八年級的學生罷了！不知道他行不行啊！

拾荒老人連忙對著辦公室鞠躬哈腰，少年跟在他的身後，往老木屋走去，我遠遠的跟著。

只見少年走到電腦旁邊，拉起各式各樣的電線，一條一條的往電腦主機上插，看起來繁複卻熟練，而且井然有序。不一會兒，架在桌上的電腦「哄哄哄」的運轉了起來，他修長的手指在鍵盤上「喀喀喀」的東敲西打，螢幕上飛快的跑出一行一行的英文字，沒有幾下的工夫，電腦已經乖乖的臣服在他的手上了。

我看到老人露齒而笑，在茫茫大海中，他幸運的攀上了一艘船。船雖小，但堅固，而且實用。

少年把電腦處理到一個段落，站起身來要把位子讓給老人，老人把他壓回坐位，「我要寄信……」，從我手中拉出白老師 E-Mail 的紙條。

只見他搖搖頭：「要寫 E-Mail，先要能上網，還要一個電子信箱帳號才行……，你有電子信箱嗎？」

老人搖搖頭。他細心的為老人解釋一切，我什麼也沒聽懂。不過懂不懂不重要，重要的是他的聲音。你知道嗎？我只聽見他的聲音，他說話的聲音。我把眼睛閉起來聽著這個熟悉又溫暖的「聲音」。

他的聲音，跟錄音帶裡的聲音，就是跟李主任借的故事錄音帶裡的聲音，一模一樣！也就是說，那是哥哥的聲音。巧合嗎？當然不是，是幸運之神降臨在我的身上。

「我是李平，現在剛好放寒假。等你把這些東西申請好，一切就緒我再來幫忙。」他在老人的白板上寫了一些資料。

我偷偷的瞧著他的側影，他有我哥哥的聲音。我在心中默唸著他的名字——「李平」，悄悄的跟在他的後面，看見他走進鎮上的一間樓房，那裡正好是李主任的家。

12. 柯珮珮

如果我們依偎在一起，是不是可以互相取暖？

老木屋的電腦是李平幫忙組裝的，那一封拾荒老人給白老師的信也是李平幫忙打字的。這些，對他這個電腦高手而言，實在不算什麼，可是文字承載的傷痛，讓我覺得很心酸。老人那一張字跡潦草的鉛筆手稿，筆觸從細瘦開始，至粗獷結束，可以看得出來他內心的掙扎與激動。我想那枝鉛筆，從尖細到磨平，一定承受了很多壓力。

我靜靜的站在電腦前面，看著這一個長長的故事，連嘆氣的力氣都沒了，想不到白曉雲老師和拾荒老人竟有這一層關係。白老師啊！白老師，妳到底在哪裡？我好想緊緊的擁抱妳，怎麼覺得那種失去親人的悲傷彷彿

似曾相識，如果我們依偎在一起，是不是可以互相取暖？

一旁跪坐在地板上的老人，尼龍帽被丟在地上，兩手抱在頭上，左手緊緊的揪住亂髮，右手扣住了軟趴趴的頭皮，十指用力得連關節都浮了起來。我很怕他如果再用力一些，就會把腦袋給壓碎。

「您放心，信一定會寄到白老師的信箱裡去的，她一定會看到的。」

他抬起頭來看著李平，半邊頭髮半邊頭皮，配著刀疤和獨眼，醜陋加上憔悴。他搖搖頭，大概是不明白，電腦到底會怎樣把信寄到白曉雲老師的手上。盛滿淚水的眼睛垂了下來，滿佈風霜的臉孔，教人不忍直視。

「她一定會看到信的。」李平再次強調。

老人的眼眸再度張開，淚水在皺紋的深溝裡滾動，我迅速的看了他一眼，不禁也用力的點點頭。

其實我的點頭是安慰他的，心裡也忍不住輕輕的畫一個問號。白曉雲老師找到了昔日意義深刻的洋娃娃固然可喜，但是消失了二十多年的親人突然出現，就不知道是什麼樣的滋味了！事情發生得這麼突然，連我都嚇了一大跳，白曉雲老師大概也沒有心理準備吧！這件事衝擊這麼大，像是辛辣的芥末，嗆得眼淚與鼻涕雙管齊流，實在讓人受不了。

也許大人比較理智吧！這個結論下得有點牽強，連我都忍不住要苦笑。

「謝謝你！」老人在白板上寫著。

「別客氣！」李平說。

「請你來當工讀生好不好？幫忙整理雜物。」白板上又寫著。

「好哇！」

「不過又髒又臭就是了。」他又寫。

「妳也來幫忙！」他用白板指著我。

那當然，不用老人說，我也一定天天來報到。其實在這之前，我也幾乎天天來看書。更何況，現在「哥哥」在這裡，我當然更不會錯過。

「要幫忙整理舊書。」

我點頭答應。

「妳叫什麼名字？」

我有點遲疑，不過我還是在白板上寫下「柯珮珮」三個字。

「你還要幫我顧電腦。」老人指著李平說。

「沒問題！」

他笑著說：「這個簡單。那明天見囉！」

我一直跟在李平的後面走著，沒多久他停下腳步，轉身問：「妳是不會說話？還是不說話？妳和那個拾荒老人是什麼關係？祖孫嗎？」

我搖搖頭。

「搖頭是什麼意思？」

這麼多問題，我不知道要怎麼回答。

我偷瞄了他一眼，他的語氣雖然咄咄逼人，但臉上並沒有慍色，這讓我稍稍的放心。他根本不知道我只想聽他的聲音，那個跟哥哥很像很像的聲音。

他看我不說話，又繼續走了一會兒。

「我想你們不是祖孫，他問起妳的名字……什麼……珮珮，是吧！」

是的，是的，哥哥常常「珮珮、珮珮」的叫我。

「我家到了，妳可以回去了，拜！」

李平一頭鑽進大門裡，沒看見我對他揮手，也沒聽見我心裡的那句「哥，再見」。

13. 白曉雲

內心深處潛藏著失落的黑洞，好像一點一滴的被填進了一些什麼

親愛的孩子：

我的曉雲，我的曉雲，這個名字我曾經在心中默默呼喊過幾千次、幾萬次！如今，妳就這樣出現在我的眼前，喔！感謝上帝的奇異恩典。

我一直記得那一天，我們第一次搬家的那一天。

從知道要搬家開始，妳就一直興高采烈的跟前跟後，說是要幫忙整理行李。知道嗎？我和奶奶其實已經比熱鍋上的螞蟻還要急了，只是事情雖然嚴重，但與妳無關，我自己捅出了這麼大的漏子，怎麼好再責備妳幫倒忙。

選在半夜裡出發，是想掩人耳目，我想行事盡量低調一些，也許能躲過這一劫。妳覺得好玩有趣，堅持坐在小貨車後面，為了避免橫生枝節，我用舊棉被給妳舖了一個臥墊，後來妳睡著了，我反而安心，於是我加足馬力，駛離那個極度危險的地方。老實說，那時我真的不知道「未來」會怎樣，只能走一步算一步了。唯一的信念就是「不能讓妳和奶奶受到一丁點兒傷害」。

摸黑，我開了好久的車，終於來到了我們的避難小屋。那是我一個禮拜前就祕密探查好的了，很偏僻很隱密，我想我們可以暫避風頭，躲過一些時日。

現在想起來，一下車就把妳搖醒，是不對的。妳還那麼小，夜這麼黑，看妳在奶奶的懷裡瑟縮哭泣，一則不忍心，一則怕被人發現（雖說是在荒郊野地，但我還是有幾分恐懼）。妳的哭聲把我急壞了，忍不住伸手捂住了妳哭泣的嘴。

原來，妳的洋娃娃掉了，妳豆大的淚珠和被我壓扁了的小嘴，都讓我深深的自責。奶奶花了好半天的時間把妳再度哄睡時，我也把行李安頓得差不多了。我決定在天亮前，沿路返回，找尋掉了的洋娃娃。

這個洋娃娃不只是妳的第一個洋娃娃，而且對我也意義重大。

那時，我的事業如日中天，公司日進斗金，我們過的是怎樣優渥的生活！為了彌補不能陪伴在妳身邊的日子，我給妳買了這個洋娃娃。當時，是怎樣富裕的家庭才能買得起！

也許是這樣的一點驕傲吧！我的野心讓我躁進了，一心只想擴大公司的規模，忘了「穩紮穩打」這條金科玉律。

向地下錢莊借貸了大筆的金錢，是我最大的錯誤。公司的規模是擴大了，只是財務危機也接踵而至，我欠下的債務越來越多。在我搞得焦頭爛額的時候，地下錢莊又來討債，妳媽媽受不了那些彪形大漢惡形惡狀的威脅，選擇了離家出走。

其實我並不怪她，她的出走是對的。那些討債的人手段卑劣，難保他們會做出什麼對妳媽媽不利的事，可是，她沒有連妳一起帶走，是我一直無法釋懷的。

唉！這樣妳知道我們為什麼要搬家了吧！

回到那天夜裡。

我終於在幾公里外的小路上，尋到了那個見證我飛黃騰達的洋娃娃。我拾起她，拍拍頭髮上的灰塵，轉身就要返回。幾個壯碩的黑影，早在我身後截去了退路，就這樣，我被他們強行的架回了地下錢莊的總部。

還不出錢還逃跑的我，得到了一陣毒打凌虐，這些我都甘願受，只求他們別傷害妳和奶奶的一毫一髮。

錢還不了，他們要我工作抵債。扒竊、闖空門，這些惡事我都幹過，幾次進出警察局以後，都給他們逮了回去。最後，在一次毒品交易和黑道火拚中，我被砍成了重傷，在醫院裡一躺就是大半年，接著又蹲了十多年的苦牢。等到出獄時，江湖早已改朝換代了。就算沒有山河變色，大概也不會有人要我這個被削去半邊頭皮、失去聲音的獨眼龍了。

我的改頭換面讓我遠離了風風雨雨，為了糊口，我開始拾荒，然後找尋妳和奶奶的下落。幾年下來攢了一點錢，幾番輾轉頂了這間木屋。

孩子，妳還認我嗎？對我而言，人生真的是身不由己。二十多年的分離，妳一直和奶奶相依為命吧！是不是早已習慣了獨立堅強？我不敢奢望妳的諒解。我知道，妳和奶奶一定過著苦日子，只是感謝上天讓我們重逢，祂的安排自有其美意。

孩子，信會到達妳的手中嗎？我很懷疑，但是兩個幫我的孩子堅信妳會收到信，感謝他們。

爸爸

我對著這封信直發呆，沒有淚眼婆娑。這二十多年來，我一直和奶奶相親相依，早已習慣了獨立堅強，直到前年老邁的奶奶撒手人寰，留給我「勇敢」二個字。

記憶中，「家」是一直搬過來搬過去的，而「爸爸」在第一次搬家的夜裡，就和洋娃娃一起不見了。這個痛苦的回憶，早就被我推到腦袋的地窖裡塵封多年。

我抱起老舊的洋娃娃站在窗邊，漫無目的搜索著大地的景色。我早就沒有家了，只能找間小旅館，權充棲身之所。緊緊的把洋娃娃摟在胸前，覺得自己踏實了很多。雖然人事全非，但，內心深處潛藏著失落的黑洞，好像一點一滴的被填進了一些什麼。

這件事情發生得太突然，我全然沒有心理準備。一些隻字片語從他的信中跳進我的腦袋裡，這一切的一切奶奶從來沒有提過，是她不知道，還是刻意隱瞞？

唉！我幽幽的嘆了一口氣。

其實這些都不重要，重要的是接下來要怎麼辦？

是假裝不認識？還是當成沒有發生？抑或是直接叫他……「爸爸」？

噢！不，太難了，太難了。我捂著胸口，對著漸暗的夜色發呆，想到了柯珮珮。

我現在大概像極了柯珮珮發呆的樣子。我忍不住走到鏡子前，仔細看了一下自己沒精打采的眼神。

還真的有點像，她的心事一定和我的一樣沉重。

忽然有一種「同是天涯淪落人」的感覺，真想找個人好好的商量商量，至少聽我訴訴苦。但是，這個人總不能是柯珮珮吧！

14. 柯珮珮

我彷彿回到六歲，靠在哥哥的懷裡

連著幾天白伯伯總是盯著電腦（不能再喊他拾荒老人了），他額頭上的皺紋堆積成山，覆蓋著雪白的煩惱。李平又幫忙發了一次 E-Mail 給白老師，信箱裡依舊空蕩蕩的，沒有回信。

老木屋外苦楝樹的枝椏上，結滿了一串串金黃色的小果子。白頭翁是苦楝樹上的常客，牠們天天來啄食果子，有時單獨來，有時分批來，有時整群整群的飛來。蕭瑟的冬天裡，這枝頭真是熱鬧非凡。我常常望著窗外的苦楝樹，心，輕飄飄的飛上樹。

我和李平一起整理門廊露台上的舊書。工作很簡單，用最細的砂紙磨去書冊泛黃的地方，再用擰乾了的抹布擦拭書的封面和封底。白伯伯在木屋裡清理出一個空間，擺了好幾個回收的舊書架。我和李平合力把舊書架上的污漬擦乾淨，再把一些剝落或翹起來的木片用白膠黏好。整理好的書，一本本的排到架上。

「推薦妳看一本書，有魔法的喜不喜歡？」

「就是這一本，《魔衣櫥》。」李平從架上抽出一本書，小小的、舊舊的，封面被蛀書蟲啃蝕得坑坑洞洞。斑駁中有兩個女孩，手裡拉著一條開著花的樹藤，正和一隻前腳高舉、有著漂亮鬃毛的公獅子，玩著跳繩。

《魔衣櫥》我在心中唸了一次書名。

「這可是一本絕版書，現在買不到了喔！大概只有舊書店還勉強看得到。」

我帶著書回家，看著故事裡面的人慢慢的走進衣櫥裡。

「是那尼亞！」

奇怪，李平怎麼來了？我把眼睛從書上拉起來，抬頭查看四周。

「喔哦！遇到白女巫囉！」

一雙眼睛湊過來，津津有味的擠著看書。

是哥哥，我最親愛的哥哥又來看我了。

「哥！」我輕聲呼喚。

「珮，別叫，精采的故事正要開始呢！」

「好！我不叫，可是我想先和你說幾句話。」我把書放下，兩眼直視哥哥的雙眸。

「妳好嗎？」哥哥先問。

「我不好，你都不理我。」

「我這不是來了嗎？其實我一直掛念著妳，就算我沒有來，我也會在暗中保護妳。再說，妳有李平了啊！」

「李平！李平只是朋友。他又不是你。」我不會為了一個朋友，撇下哥哥的。

「好好好，我說錯話了。來，讓哥抱一下。」

我彷彿回到六歲，靠在哥哥的懷裡，好久好久沒有這樣享受哥哥的疼愛了。

「哥，我想睡了。」

「那妳睡覺，我唸故事給妳聽，像從前那樣。」

哥哥的聲音溫柔中帶著磁性，我的眼皮真的撐不住了，逕自喃喃地說：「哥，你別走喔！」

「珮珮，吃飯了。」

天還沒亮呢！我翻了個身，繼續睡。

「吃午餐了，珮珮——珮珮——」

吃午餐？有沒有搞錯？天還沒亮吔，連早餐時間都還沒到呢！

我輕輕的下了床，下樓來到廚房，開了燈，桌上難得擺滿了熱騰騰的菜飯。

「奶奶，天還沒亮吔！」我小心翼翼的說。

「要吃不吃隨便妳！」奶奶翻臉比翻書還快上一百倍。

我的心縮了一下，囁嚅的說：「要吃要吃。」

我和奶奶面對面坐了下來，安安靜靜的扒飯。

「妳今天怎麼沒有去上學？」奶奶問。

我該怎麼回答呢？還沒到上學時間呢！只好低頭又吃了兩口飯。

「問妳，是不會說話嗎？」砰的一聲，奶奶用力的把筷子摔在桌上：「妳真的很沒有良心，我煮飯妳愛吃不吃的，問妳話又愛理不理，妳……妳……」她越說越生氣，指著旁邊的空位直發抖。

這……，我坐在奶奶的對面吔！她怎麼指著旁邊的空位罵我呢？而且

還越罵越大聲。

我慢慢的走到奶奶前面。

「隨便妳，隨便妳，」她的叫罵聲沒停。

「妳把這個房子當旅館嗎？每天鬼混到三更半夜，不要以為我不知道，妳乾脆不要回來好了。」我伸出手，在奶奶的眼前晃動，奶奶沒有退後，也沒有眨眼，這時我才發現她的兩眼並不清明，而是混濁的；不但混濁，而且無神，像是兩座看不到出口的隧道，空空洞洞。

「妳這個忘恩負義的……」話還沒講完，奶奶整個身體僵住了，我在她盛怒的時候，撲到她的懷裡，把她抱得緊緊的，而且嗚嗚的嚎啕大哭了起來。奶奶就愣在那兒，好一會兒，才伸出手來，輕輕的拍著我的背。

「奶奶，妳的眼睛怎

麼了？」

她微微的抬起頭，嘆了一口氣：「唉！早就看不見了！」

「妳是不是要來剋我了？」她突然一把推開了我，臉上堆起了一片嫌惡，眉尖上的火山冒出了煙。

「我瞎了，妳就樂了吧！別靠近我。」她

摸著牆壁扶著樓梯的扶手，逕自上了樓。

「看不見」這三個字奶奶說起來雲淡風輕，可是我的耳朵裡，卻飛進了千萬隻的蜜蜂，嗡嗡嗡的響個不停。腦袋一片空白，彷彿裝進了一大堆爛泥巴。喉頭被一整顆滷蛋噎住了，上不去，下不來，一團亂。難怪難怪！難怪晚上家裡都不開燈，我實在太粗心大意了。

看著奶奶的背影，影子成了兩個、三個……模糊……模糊了。天空才開始泛白，桌上擺著吃了一半的「午餐」，我覺得……沮喪，而且無助。

帶著奶奶剛才很真實、也很溫暖的擁抱，我來到她房間的門口。她坐在梳妝台前，手上的梳子一下一下的在髮上滑動。一會兒，伸出手來，摸索著光亮平滑的鏡子。我看見自己的身影映在鏡子裡，奶奶無動於衷，她真的看不見我了。也許，她真的很高興，終於不用再看見我了……

哥哥呢？昨夜還在床邊說故事，他答應我不離開的。三步併二步的衝回房間，只看到《魔衣櫥》趴在棉被上。我發起狠來，大聲的唸著書裡的故事，哥哥一定是到那尼亞去了！我希望自己也能到衣櫥後面的世界，那裡也許可以找到生命的依歸。

果真生命有了依歸！我竟然在書本封底的內頁，發現了兩個簽名，一個是媽媽的，一個是哥哥的，全是稚嫩的筆跡。

是什麼意思？這是什麼意思？這代表了什麼？我的指尖觸摸著兩個名字，這本書曾經被媽媽和哥哥擁有過嗎？這是留下的印記嗎？我把書攬在胸口，感覺有兩雙手撫著我，那種溫暖一陣一陣的傳到身上。

所以，這是哥哥的書！書不是在他房裡的書架上嗎？怎麼會到老木屋裡去了呢？

我趁著奶奶不注意，偷偷的溜進哥哥的房間裡。單人床四平八穩的靠放在牆邊，衣櫃立在床頭後面，那個記憶中的書架，就在窗戶下方，上面一塵不染，但是空無一物。

沒了書的書架，像是被抽掉了靈魂一樣，不但神情哀戚，連心都被掏掉了。

我的手沿著書架泛黃的木板輕輕的游移，一層又一層，那些剝落褪色的木皮，在手掌的餘溫中緩緩的甦醒，懷念起曾經在架上的書。

書到哪兒去了？如果書還在……

房門被奶奶打開了，她緩緩的走了進來，打斷了我的思緒。我在書架前定住不動，直挺挺的看著奶奶滑入哥哥的床。過了好一會兒，奶奶睡著了，我才躡手躡腳的爬出去。

一連好幾天我都不敢出門，只是守著奶奶。不過奶奶的生活並沒有因為看不見而有所不便，只是，對於白天和黑夜，上午和下午，完全憑自己

的感覺。但是這個「感覺」卻和太陽的起落有著不同的步調，對於這個錯亂，奶奶完全不以為意。

這幾天，我把《魔衣櫥》看了好幾遍，遍尋了那尼亞的每個角落，哥哥的影子早早消失在雪地裡，連一點足跡也沒有留下。李平好嗎？白伯伯收到回信了嗎？白老師怎樣了？看來奶奶可以打理自己的生活，就去老木屋看看吧！一會兒就好。

15. 白曉雲

我總是在別人的故事裡流著自己的眼淚

我開始想念那些被我遺留在學校宿舍裡的書。匆忙中，行李裡只胡亂塞了幾本書，這些天來，早就看完了。不知怎麼著，這些書讓我一直掉眼淚。

我總是在別人的故事裡流著自己的眼淚。

這些不由自主的淚水，其實流掉了我很多的怨忿，釋放了長年積壓的心事。「故事」再一次用一種療傷止痛的姿態出現，撫慰了我的心，連傷痕的皺摺，也被溫柔的擦了上好的金創藥。我知道要面對未來的一切，還是得靠最最忠實的朋友——「書」。

「終歸得回去面對的……」我心裡冒出了一個聲音。

趁著中午，氣溫還有冬陽的加持，我抱著洋娃娃外出。

奶奶墳上的芒草長得好高，我一棵一棵的用手拔掉。芒草是會割人的，儘管已經很小心了，手上還是出現了幾處割破的傷口。花了好些時間，墳，看起來乾淨多了，我也出了一身汗。

我靠著墓碑席地而坐，把自己晾乾。

「奶奶，我來看妳了，妳好嗎？我好想妳喔！」我喃喃自語。

「奶奶……奶奶……」我輕輕的呼喚，「奶奶……」

「妳看，我找到娃娃了，而且我把她洗得好乾淨。」

「娃娃怎麼找到的？唉！真是一言難盡，我想妳知道的，我還找到了……妳的兒子。」

「如果妳現在看到他，一定認不出來，他的樣子完全不一樣了。」

「他說了一個好長的故事給我聽，現在，我真不知道該如何是好。」

「奶奶，」我把臉頰靠在碑上，一隻手輕輕的撫著。

「如果妳還在，一定可以幫我的。」

太陽光晒得人暖洋洋的，我就這樣倚著墓碑，坐了一下午，一直到了太陽西下。太陽一走，風就跟著來了。冬風沒有太陽的好心眼，總讓人猛打哆嗦，忍不住縮著脖子拉緊衣領。

我把洋娃娃藏在大衣裡，站起來，對著奶奶的墳鞠了一個躬，轉身離開。走的時候，心中竟然寫滿了勇敢。那一刻，我已經有了定見，抬頭挺胸，如石碑一樣挺直。就像以前一樣，奶奶給了我再次出發的勇氣。

我悄悄的回到宿舍，日夜拉緊窗簾，一個人靜靜的在房間裡看書。除非必要絕不外出，若要外出，也挑在夜晚。這樣低調無非是想再多給自己一點時間，接下來要面對的可是大事一樁，我要讓自己心平氣和，自自然然的。

16. 柯珮珮

這麼一個簡單的字帶來了陽光，屋子裡的空氣復活了

小鎮的冬天真是乾淨，空氣冷得讓鼻子快凍傷了，我拉緊領口，啊！忘了圍上圍巾，只得加快腳步，速度快一點，動作大一點，袪寒。

「走這麼快，去哪裡？」李平不知道什麼時候從後面追上來。

「別轉頭，往前走。」我還沒來得及回應，李平就已經搭著我的肩膀，小聲的說。

我微微的皺眉，斜瞄著李平。

「那群女生守在我家附近好久了，只要我一出門，就對我猛拋媚眼，我走到哪兒，她們就跟到哪兒，一直在我後面嘰嘰喳喳的。我覺得我就像是動物園裡的紅毛猩猩，她們是一群觀光客，正在那裡品頭論足。」

紅毛猩猩！我覺得很好笑，第一次聽到有人用猩猩形容自己。

「那些來看紅毛猩猩的是我的同班同學喔！」我小聲的說。

「喔！妳會說話，我以為妳跟白伯伯一樣。」

「我會說話，只是不想說……」我有些不好意思。

又吹來一陣冷風，真的冷到骨子裡去了，我不禁打了一個寒顫，李平順手拉起圍巾，一把圍在我的脖子上。

「啊！」

「吔！」

「唷！」

身後的觀光客送來了許多不滿的驚嘆號，噓聲四起。李平挽著我的手，加速的往老木屋走去。

老木屋不動如山，像一座防空洞，我們急忙躲了進去。

白伯伯呆坐在角落，看來白曉雲老師還是沒有回音。

李平二話不說，坐在電腦前面又打起字來了。他要白老師快快回信，言語中透著諸多的不悅。

「怎麼可以不聞不問呢？」李平口氣不太好。

「回個信有這麼難嗎？」

成長過程一直有父母呵護的李平，根本無法理解白老師心中的痛。

我不喜歡李平用這樣的語氣對待白老師，便自個兒到一旁去看書了。

「這種人也會看書喔！」

「對啊！不知道她看得懂幾個字？哼！」

「就是嘛！假仙，功課都學不好了，還來這裡裝蒜。」

我覺得這些話很吵。老木屋本來安靜得連心跳聲都聽得見，那種靜，能讓人鑽進故事裡，然後在書裡待很久很久，直到你心甘情願出來為止。

他了。

李平瞪了口不擇言的觀光客一眼，看來她們囂張的氣焰已經順利驚動

她們早就對我不滿了。在期末考的時候，就想找我麻煩，那時李主任代課看得緊，沒機會出手，這下子可是冤家路窄、狹路相逢。

我決定對她們的挑釁置之不理，不料沒反應竟然如火上加油，更是激怒了她們。

「看不懂就別看了！」一個同學把我手上的書抽走，其他的女孩把我圍在中間。我瞪大了眼睛，看著書被抓在別人的手中。

「還給我。」──我從齒縫裡蹦出了三個字。

「喲！妳會說話喔！」為首的同學推著我的肩膀說。

「不說話怎麼行?要交男朋友吔！」

「交男朋友?這副破破爛爛的德行，怎麼跟人家談情說愛啊？」

「對啊！自己也不照照鏡子！」

這群人左一句男朋友，右一句男朋友，嘰哩呱啦的說了一大堆。男朋友？誰交男朋友啊！？我聽得糊里糊塗的。

「看她一副裝無辜的樣子！」

「哇！信來了，信來了！」李平在電腦前高喊。

我伸手撥開她們，突破重圍，衝到電腦前面，和瞇著一隻老花眼的白伯伯，擠在電腦旁邊，信箱裡孤單單的掛了一個「嗯！」。

這個字，美妙得像苦楝樹上的果子，閃閃發亮。三個人五隻眼睛，就盯著一個「嗯」字，寄件人是misswhite，是白曉雲老師，一點也沒錯。

李平大聲叫好，我們樂不可支，搞得找碴的女生們一頭霧水，站在原地大眼瞪小眼。

白伯伯在白板上寫著「出去」，想要趕走那些大放厥詞的不速之客。她們不肯離開，還想找麻煩。於是白伯伯抓下了自己的尼龍帽，用半邊的頭皮和劃了刀疤的獨眼，瞪得她們哇哇大叫，個個落荒而逃，老木屋裡揚起了我們的一陣狂笑，有李平的爽朗，還有我的歡暢。

白伯伯在白板上寫了「慶祝」，我們舉雙手贊成。他打開櫃子，找不出什麼好東西來，只翻到了幾包泡麵。

泡麵對我而言是家常便飯，對白伯伯來說是賴以為生的食物（除了白曉雲老師送飯的那一陣子以外），可是對李平這個有著美滿幸福家庭的人而言，那可真是一種求之不得的美味。

一碗熱騰騰、香噴噴的泡麵，暖了手暖了胃。「嗯」，這麼一個簡單的字帶來了陽光，屋子裡的空氣復活了，凍了一整個禮拜的冬天溫暖了，老木屋裡有了溫度有了歡笑。我看著屋外苦楝樹上的果子，閃閃發亮，每一顆都興奮得不得了呢！

春風

17. 白曉雲

想到這些，就忍不住掉淚，我如何能拒他於千里之外？

才一開學，大齒輪卡上小齒輪，一個轉動，一串齒輪就跟著運轉，日子馬上上緊發條，上了軌道。我真的很喜歡回到這樣規律的生活，這是我能掌控的，我覺得很安心。

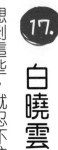

我依然把營養午餐裝滿便當盒放入提袋內，只是我不想自己送。說我害怕也好，說我膽小也好，我就是還沒有準備好要和他面對面。

送餐盒的工作沒有人願意做，說穿了，這些孩子都怕他，也不喜歡老木屋的陰森髒亂。我正為這事兒發愁，沒想到一放學柯珮珮就自動拎起餐袋，往老木屋走去，真是太感謝她了。到底從什麼時候開始，這一老一少會湊合到一塊兒？還有，寄那些 E-Mail 給我的人是誰？寄件人是 LP101，是他還是柯珮珮？這兩個人應該不會用 E-Mail 才對，是另有其人吧！讓人納悶的事兒還真多！

柯珮珮不但幫我把餐盒送去老木屋，第二天早上她還會把餐盒送回來。送回來的便當盒不是空的，而是裝滿了早餐。有時是小籠包，有時是蘿蔔糕；有時是蔥油餅，有時是飯糰……，一份是給我的，一份是給柯珮珮的。我明白他的用心，他想讓我了解一切，了解他的苦衷、了解他的無奈、了解他的思念、了解他的心，可是，誰來了解我？想到這些，就忍不住掉淚，我如何能拒他於千里之外？更何況，他離我咫尺而已；可是，我又如何為這空缺的二十多年搭一座橋呢？這不是小籠包、蘿蔔糕、蔥油餅、飯糰可以填補的。那樣的橋不會堅固，而且如果掉到橋下那個黑洞，那就更糟了。

只要想到和他相關的事，都會頭痛，也不知道是真的頭痛，還是心裡作用！

裂痕越深，拂平之路一定漫長。

船到橋頭自然直，不想那麼多了，學生才是我最重要的功課。想到學生，自然又把柯珮珮放在第一位。翻出她的輔導資料，心思在她父母上流轉。小小格子裡寫的那幾個「歿」字，總讓人特別心驚膽顫。沒了父母的苦，我最了解。想起了自己的童年。別人受了委屈，總是哭著找媽媽，媽媽會安慰疼惜那一點點傷口，而我呢？只能自己處理自己的眼淚。這是我特別憐惜柯珮珮的地方，我還有疼愛我的奶奶照顧，可是柯珮珮的奶奶，看起來這麼不友善，恐怕她們之間……唉！

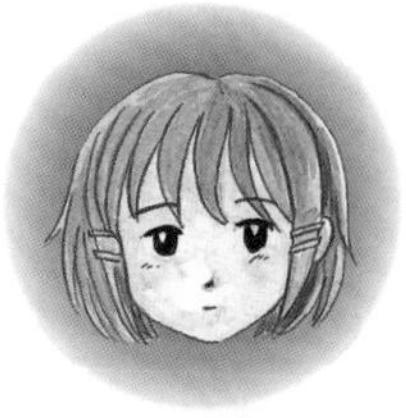

18. 柯珮珮

我站在門外，好像成了兩個不同世界的人

李平不見蹤影了。這些日子以來，我已經習慣跟在他身邊，聽他說話、說書，心裡感覺就跟那些在哥哥身邊的日子一樣溫暖。我一天沒看到他就渾身不對勁，只好到李主任家門口張望。

李主任的太太開門出來，我趕緊躲到電線桿後面。

「李平回學校去了。」她直接走到電線桿旁邊說。

「別再來找他了，你們年紀還小，不適合交男女朋友。」她指著我說。

男女朋友！又來了，怎麼大家都這麼說？我心中暗自叫苦。

「回去吧！大家各過各的日子。」她斜眼看著我，意思是要我走自己的陽關道、過自己的獨木橋。

她回頭輕輕關上大門，我站在門外，好像成了兩個不同世界的人。是兩個不同世界的人，我不禁這樣想，他是主任的兒子。

我覺得這天特別冷。

從那之後到開學，我一直沒再見到李平。他一直用聲音填補我心中的空缺，這下子沒了他，心又回到起初的空空蕩蕩，每天只能窩在老木屋東翻西找。

奶奶仍然生活在「自以為是」的時間裡，每日坐息，全憑感覺。我花更多的時間留在家裡，默默的守護著她。我和奶奶像是兩條歪斜線，在同一個空間但不交會，卻又知道彼此的存在。

傍晚，奶奶關上房門，準備上床睡覺，我不知道她心中的時間是中午還是晚上。唉！沒關係，我也無可奈何。回到房間，我放起李平的故事錄音帶，儘管我已經聽過千回百遍了。

錄音帶播放結束，「喀」的一聲，PLAY鍵自動跳了起來，這樣一點也不過癮，我打算再聽一次，「窸窣窸窣」，房門外竟傳來一些怪怪的聲響。像是腳步聲，想要放輕卻又不小心發出聲音，貼著牆壁，磨蹭磨蹭的。我停下動作，側耳仔細聽著。沒想到，門外的聲音也停了，我摸到門口，才又聽見不輕不重的聲響，正緩緩的往前移動。冷不防的，我把門往裡面拉，不料門外竟也來了一股推力，力上加力，讓房間的門狠狠飛開。

一個黑影滾了進來，我的反應很快，急忙往旁邊一閃。黑影翻了一個筋斗，摔在地上竟一動也不動。

是奶奶，我連忙上前扶起。

奶奶流了滿口鮮血，地上掉落了三顆牙齒，這下子我可慌了。

「奶奶，奶奶，妳怎麼樣了？」淚，急急的落下。

「我沒事，」奶奶用手擦了擦嘴，鮮血馬上染紅了手背。

「讓我再聽聽那個的聲音，妳哪裡弄來的？快快快。」

我讓奶奶坐在椅子上：「我先幫妳擦一擦……」

「不，先讓我聽……聽聲音……」

我只得先放一捲錄音帶，讓聲音從錄音機裡流洩出來。再到浴室抓了條毛巾，仔細的幫奶奶擦掉嘴上的血跡，這才發現嘴唇也嗑破了。奶奶沒有喊疼，只是認真的聽著，聽著說故事的聲音。

我把掉了的牙齒裝在一個盒子裡，然後扶奶奶到哥哥的房間躺下，並把錄音機送過去。

老人家是最不堪跌倒的，奶奶這一跌跤，真的就把身子跌垮了。長久不見天日，加上營養不良和過度傷心，臉色顯得很蒼白，完全沒有力氣下床。

我仔細的照顧她，用我那一個營養午餐的便當給她餵飯，可是，她總是否了幾口，就說吃不下了。我覺得奶奶開始靠李平的聲音過日子，一天二十四小時，持續播放著，彷彿有了這些聲音，她就吃飽喝足了。

我不再窩在老木屋了，放學時匆匆的把白伯伯的便當放在櫃台上，帶著我的那一份，然後匆匆的回家。每天在「我來了」、「我走了」的匆匆之間移動，完全放心不下一整天都沒有人看顧的奶奶。

這天，我一回到家，就聽到奶奶在房間裡嚎啕大哭。

「奶奶，我回來了。」我敲著房門。

「奶奶，我回來了。」門從裡面上了鎖。

「別管我，別管我，我的金孫啊，你回來，你回來啊！……」

我側耳一聽，錄音機停播了，李平的聲音沒了，像是故事說完了，下台一鞠躬，人就走了。

「奶奶，怎麼了？錄音機壞了嗎？妳開門，我來幫忙。」

門裡只是傳來哭泣的聲音。

「奶奶求妳開開門，讓我來幫忙好嗎？」我急了。

「奶奶妳說話啊！快來開門，快來開門……」我不停的敲著門，一直到手酸了、累了，才有氣無力的滑坐在地板上。這一坐可不得了，沒了敲門聲，偌大的房子安靜得出奇，連奶奶的哭聲也沒了。

「奶奶！奶奶！」我又敲了兩次門，裡面還是無聲無息，這下子可不妙，到老木屋去求救吧！

白伯伯只用了一根髮夾就把門打開了，看到裡面的樣子，我簡直沒辦法控制的尖叫了

起來。

奶奶弓著身子趴在丟了一地的錄音帶上，拉長的磁帶糾結在她的手指上，連頭髮也纏繞上了，脖子也繞了好幾圈。

白伯伯要我找來了剪刀，手腳俐落的剪開糾纏不清的帶子，接著把奶奶抱到床上。她雙眼緊閉，呼吸微弱得不得了。白伯伯在她的太陽穴和人中捏捏按按，她才幽幽轉醒。

「錄音帶卡住了，被我扯壞了，我的金孫走了，我的金孫走了……」

就這樣，奶奶又開始不安分的哭鬧起來了。

「我要去找他，我要去找他。」說著說著，她在床上掙扎了起來，我上前抱住她。

「我去找，我去找哥哥，妳好好休息。」

「我保證把哥哥找回來，奶奶，妳要相信我。」我溫柔而堅定的安慰她。

奶奶失神的雙眼，空洞的望著黑夜，流下無聲無息的淚水。我撫著她那一頭亂髮，直到平順為止。

是累了，還是相信我了？反正奶奶安靜的睡了，她看起來暫時連做夢的力氣都沒有。

「怎麼辦？」白伯伯在白板上寫著。

我抬起頭來，眼裡未乾的淚光閃動，我知道該怎麼做。

19. 白曉雲

嗯！我絕不能讓這得來不易的引線斷掉

才清晨六點多，我正眷戀著暖洋洋的被窩，宿舍的電鈴就「嘰嘰嘰」的叫了起來。我翻了個身，假裝沒聽到。

「嘰嘰嘰——嘰嘰嘰——嘰嘰嘰——」這下可好，越是不理他，他叫得越急。

「誰啊？這麼早！」我不禁咒罵著。

忍著冬末的餘寒，開門一看，是柯珮珮。

春寒料峭的冷冽，讓一身單薄衣裳的柯珮珮，在冷風中發凍，我趕緊把抖個不停的她拉進屋來。

「我想學 E-Mail。」柯珮珮低聲的說。

「好！好！我來教妳。」這是我第一次這麼靠近柯珮珮，也是第一次和她說話。看到她真是出乎我的意料之外，心裡高興得一下子反應不過來，不論柯珮珮說什麼我好像都只有點頭稱是的份兒。

坐在 Notebook 前面，我隨手抓了一條大方巾，裹住了柯珮珮，仔細的為她講解 E-Mail 的使用方法。與其說是她聰明，不如說她是真心的想學，才約莫半個鐘頭，她已經把 E-Mail 的功能全部都學會了。她試著開了申請好了的信箱，寫了一封測試信給我，果然發信成功。

再過半個鐘頭學校就會熱鬧起來了，我送走了她。她匆匆的對我點頭，奔出校門，我滿心歡喜。先前正愁著沒有和她迸出火花的引線呢！現在心裡不住的吶喊「找到引線了，找到引線了！」這線竟然還是電腦牽的。

沒想到，這條引線還沒完全點燃就斷掉了。柯珮珮半個小時後並沒有出現在教室裡。

好的開始不是成功的一半嗎？是，才一半，那另一半呢？是不是永遠只有一半？

我望著那個空著的座位，心裡很沮喪。

放學後，我百般不願意的提起便當盒，今天柯珮珮沒來上學，總要有人把東西送過去！就我去吧！說實在的，我知道自己心中還是有些芥蒂，大概也是還沒找到引線吧！但是不能就這樣放著他不管，畢竟他還是我的……嗯……爸爸。

老木屋並沒有開門，這讓一路忐忑不安的我大大的鬆了一口氣。我把便當盒放在門口，忍不住伸了一個好大的懶腰。抬頭仰望參天大樹，苦楝已經開始冒新芽了。那些綠色的小嫩芽爭相嚷嚷：「看！春天的腳步近了，春天的腳步近了。」

既然出來了，不妨到柯珮珮家去看看吧！我想到一大早和她共度的學習時光。「嗯！絕不能讓這得來不易的引線斷掉。」一想到這裡，我的腳步就輕快起來了，踏著桂花小徑往柯家小屋走去。

柯家的門半掩著，我往裡面一探，就聽到朗朗的唸書聲。那是一個乾淨清脆的聲音，唸起故事來，真是好聽。一會兒，聲音停了，傳來輕輕的腳步聲。我心一慌，連忙蹲到大門外面。

「總算是睡著了。李平，謝謝你。」

我從門縫裡偷偷的瞧見了一個少年，柯珮珮叫他李平。

心裡突然冒出了一股氣。原來柯珮珮沒上學，是在家裡和這小子……約會……

嗯！不，是唸故事。我實在不願意把「約會」這兩個字用在這麼小的孩子身上。怒氣未消，我又瞄到了「他」也在裡面，這下子我就真的光火了。

兩個該上學卻沒上學的孩子，在這裡鬼混，怎麼這個老大不小的人也在這裡助紂為虐！我的火氣冒上來了。

桌上放了一只砂鍋，還有便當。

「**先吃飯吧！**」他在白板上寫著。

「湯好香喔！」少年用力的吸了一口氣，笑得很開心。

三個人圍著桌子大口的吃喝了起來，我簡直氣炸了，我不能忍受他們這樣不在乎的行為，就想跳出來罵人。

「珮珮，妳哥哥到底怎麼了？」那個少年抬起頭來問。

我一聽，憋住胸口的氣，按兵不動。

柯珮珮倏地沉下了臉，歡樂的氣球「啵」的一聲，破了。

「對不起，當我沒問。我無意刺探妳的隱私。」

「金孫……」樓上悽慘的叫聲打破了靜默的空氣。少年跳了起來，往樓上衝，柯珮珮坐在椅子上一動也不動，他過來撫著她的背。

我在門口站了好一會兒，他終於看見我了。他先是嚇了一跳，接著伸出食指豎在唇上。

「我是來幫忙的，」白板上寫著。

「珮珮的奶奶生病了。」

「妳怎麼沒去上學？」我搶過筆來寫著，然後遞到柯珮珮面前。

她兩眼無神的看著我。

朗朗的唸書聲從樓上傳了下來，不疾不徐，祥和得真能安慰人心，這個聲音為我注入了些許氣力。

「誰在唸故事？」

「李平。」

LP101？

「是那個寫 mail 給我的人嗎？他在這裡幹嘛？難道他也不用上學嗎？」我

氣呼呼的寫著。我想，只要是老師都沒辦法忍受該上學的時間學生不在學校裡。

「李平？李平是藥啊！」他寫著。

「藥？」

「對，他的聲音像極了珮珮哥哥的聲音，奶奶一聽，就會安靜下來。」

「珮珮的哥哥到底怎麼了？」他這一個問句，讓我皺起了眉頭。

「她爸媽難道就不聞不問嗎？」他還在繼續寫。

這時候，柯珮珮一把搶過他手中的筆，在爸字上畫了一個大圈圈，比比他，又指指我。

我的心情從氣憤轉成了無奈，又變成了迷惘，我在和爸爸說話呢！如果這也算是說話的話。我看著他，試著在他身上找出一些關於父親的回憶。

「我做了煲湯，老太太的身體需要滋養。」

「妳也來喝一碗吧！」他愉快的寫著。

那個香味！我失神的搜尋著記憶。一股淡淡的粉光蔘香氣，透著瘦肉的鮮甜，飄散在房間裡。

我快想起來了，那是……

「得用第二道洗米水喔！」奶奶的叮嚀從記憶盒子裡鑽出來。

「瘦肉切絲、粉光蔘切片放在小陶甕裡，倒入洗米水，加上蓋子，蒸個一小時，再用鹽巴調味就可以了……」

我深深的吸了一口氣，那個淡淡的芳香甘醇飄出來了，就在空氣中緩緩的流動。

是奶奶的私房菜……

「妳怎麼了？」他望著我，滿臉關懷。

「那個味道是……」我脫口而出。

「是我媽媽當年教給我的料理……」

「粉光蔘瘦肉煲湯……」我不理會他的白板，叫了出來。

他點點頭。

這個氣味，竟然讓我們同時思念起同一個女人。

「妳願意和我說話了！」他眉開眼笑的寫著，我也笑了，只是笑得有些尷尬。

「我想抱抱妳。」

他走上前，一把抱住我。我沒有掙扎，任由他抱得緊緊的。一抬頭，我看到李平站在樓梯上，緩緩的、靜靜的拍手、微笑、點頭。

20. 柯珮珮

風中殘燭的她，骨瘦如柴，看不見的眼睛卻溢滿了慈愛

李平能在假日來陪奶奶，全得謝謝白老師和李主任。

那天李主任接到李平學校的電話，說他平白無故的失蹤了，他們以為李平是被綁架了，一家人急得如熱鍋上的螞蟻。我和李平都不知道要怎麼善後，最後是白曉雲老師硬著頭皮到李平家去說明，天黑後，李主任和李媽媽就到我家來了。李媽媽眼睛紅紅的，李主任寒磣著一張臉。

「主任，你不要罵他，他是為了幫助奶奶……」

不等白曉雲老師說完，李主任舉起手來，做了一個阻止的手勢：「李平你自己說。」

「爸……」

「孩子平安就好，你就別再……」李媽媽愛子心切。

「給我一個合理的解釋，李平！」

「爸，你別生氣，這些事情都是因錄音帶而起……」

「錄音帶！什麼錄音帶？」

「上學期期末你不是要我錄了幾卷故事錄音帶，……」

李平把認識我和白伯伯的經過和盤托出。李主任這才知道，原來我們會搭上線全拜他自己所賜。

「因為這樣，我和白老師通過幾封 E-Mail。」

白曉雲老師點點頭，然後接著說：

「珮珮來找我學 E-Mail，我很高興，她終於肯和我說話了，也願意學習了。誰知道，她只是為了發了一封 E-Mail 給李平，因為她奶奶生病了，只有李平的聲音才安慰得了她……」

白老師的這番話讓我覺得很不好意思，我好像……嗯，利用了她……

「珮珮的信很緊急，我來不及細想，情急之下，只好出此下策……。中午吃飯時間全校鬧哄哄的，誰知道誰去哪裡了！下午剛好是社團活動，我已經先跟社團老師說我們班導留我幫忙做事。那時我想，他們暫時不會發現……我就跑回來了……」李平又說。

「助人為快樂之本，只是方法不太對。」白老師又替李平說起好話來了。

「為了老奶奶，」李媽媽也說話了。

「這孩子也是全心全意的付出了。」

大夥兒沉默了一會兒。

「……我們上去看看柯珮珮的奶奶。」李主任最後這麼說。

「誰？誰來了？」

「是我，奶奶。」李平回答。

奶奶的眼睛失去了記憶中的銳利，風中殘燭的她，骨瘦如柴，看不見的眼睛卻溢滿了慈愛。

李主任點點頭，借過老闆的白板。

「現在柯珮珮的奶奶已經好多了，你應該回學校了吧！」

「好，可是……可是我想請爸爸答應我一件事！……」李平也寫道。

李主任望著李平。

「放假時，我想先來探望奶奶，我希望她能快點兒好起來。」

21. 白曉雲

總不能任由自己的任性與親情拉鋸

這樣算是父女相認嗎？我一直想把那個擁抱的感覺丟掉，可是一空閒下來的時候，擁抱就自己跑出來。我被迫一再咀嚼。那個氣味並不怎麼甜美，只有更多的隔閡與不安。我和他之間的距離不是這樣就填得滿的，除了血緣之外，我們如同陌生人一樣。以前一直羨慕人家有爸爸有媽媽，嫉妒坐在父親脖子上逛夜市的小孩，那時多麼盼望爸爸沒有消失在那個深夜裡。如果我沒有吵著要我的娃娃……，這些年來我常常這樣自責。

現在突然知道有一個爸爸存在，他已不是記憶中的模樣了，我也不可能縮小回去坐在父親的腿上，唉！好難喔！

倒是柯珮珮的奶奶在他的調養之下，漸漸的好起來了，兩頰也顯得豐潤了許多（不知道他的廚藝是本來就很好還是後來練就的）。有了李平的陪伴，正確一點說，應該是李平聲音的陪伴，她變得神清氣爽，心情和脾氣也好多了。可是柯珮珮，唉！每下愈況。

為了照顧她奶奶，常常沒到學校上課，有時上午還在教室裡，下午就不見人影，有時整天沒到學校。我對她曉以大義，她聳聳肩。

「我當然知道照顧奶奶很重要，可是上課也很重要。」

她看了我一眼，不發一語。

「讀書才會有前途……」

「如果是妳，妳會怎麼選擇？」她突然冒出一個問號。

「我……」

當然是照顧奶奶，這個答案差一點脫口而出。

看著柯珮珮離去的背影，真的是不忍苛責。如果連我都選擇照顧自己的親人，那我又如何能夠要她正常上下課？

學校能幫點什麼忙嗎？

「幫她補補功課吧！」李主任說。

「一定不能讓她連續三天沒到校，這個要請妳好好控管，要是有了中輟生，學校很麻煩的。」他又說。

「經濟上有困難嗎？這部分學校有仁愛基金，只要開個臨時校務會議就可以動用了。」

看起來錢的事好像都比較容易解決，反倒是情感的事，就棘手多了。我心裡一陣苦笑。

好吧！我就只做我該做的事。幫柯珮珮補課，還有……多去老木屋吧！總不能任由自己的任性與親情拉鋸……，就當是去幫一個獨居老人吧！

22. 柯珮珮

讓空氣灌滿胸膛，這樣好像比較有勇氣去回憶

真感謝李平假日時過來陪伴奶奶，這讓我有機會喘一口氣。我和白曉雲老師會一起在老木屋。白老師幫忙整理回收物品，我整理書。我想要多花一點時間，把老木屋裡的舊書整理好，有了《魔衣櫥》的經驗，或許可以把哥哥以前的書都找回來。

放在書架上的舊書堆堆疊疊，竟也讓我翻出好幾本有媽媽和哥哥簽名的書。很慶幸他們總在書的封底內頁留下印記。我猜想，是奶奶出清哥哥書架上的書時，正好論斤論兩的被白伯伯收購了。

白伯伯知道內情後，很慷慨的讓我把找到的書通通帶回家。每一本書，我都整理得很乾淨，然後再用書套包起來。看過以後，在哥哥的名字旁邊，用自己最工整的字跡簽上名字。這樣，我覺得和哥哥又靠近了一些。

連續幾個禮拜的找尋，哥哥的書架陸陸續續的被放回了一些書，像是撒下的種子連續發了芽，一本本書是一朵朵含苞的花，讓書架顯得生氣盎然。夜裡，我啃食著被找回來的書，每一本都讓我感覺正在與哥哥共讀。這種日子真的很美好，原本只存在記憶裡的幸福，現在被綻放的花朵吐露出來，芬芳溢滿空中。

今晚，我們賴在老木屋裡特別的久，這是白曉雲老師第一次留在老木屋吃晚飯。白老師一直講笑話，白伯伯幾乎沒有動筷子，只是望著她，笑咧了嘴。餐後白老師幫忙收拾桌子，我就帶著奶奶和李平的便當先回家了。

春天真的來了，院子裡的苦楝樹開滿了紫色如霧的小花，風一吹，淡淡的氣味讓夜更增添了幾許神祕。我深深的吸了一口氣，忍不住張開雙臂，抱住苦楝樹。

「苦楝啊苦楝，好久沒抱你了。」我輕聲的說。

舒爽的夜風，輕晃著樹枝，搖落了一些小小的花瓣，是紫色的春雪嗎？我抬起頭來，仰望大樹，搖動的樹枝伸出修長的手指，撥開薄雲輕霧，眉樣的新月遠遠的掛在天邊，一旁閃著一顆晶亮的星星。

「哥，」我忍不住輕嘆了起來。

「是你嗎？你讓苦楝來安慰我嗎？」

「哥，我找回了好多你的書，每看完一本，就簽上名字，和你一樣……和媽一樣……」我想到我那個未曾謀面的媽媽。如果她還在，爸爸也會在，也許一切都會不一樣。可是，他們早早走了，沒有給我留下半點記憶。

「哥，我好想你，奶奶大概已經把李平當成你了，每個禮拜，李平都要陪她很久。不過，你放心，李平是李平，你是你，你們的聲音或許真的很像，但是我不會搞混的。」

風把雲聚集起來了，這一次他硬是不讓雲開見月，只是不斷的把雲集中集中，再集中，春天後母面，真的應驗了。沒了月光的夜，換上了一張頹喪的臉，層層疊疊的雲，看起來隨時都會掉下淚來。

我拍拍苦楝的樹幹：「我回去囉！」

這一陣子，老遠就能看到家裡的燈光，黃暈暈的對我招手，我總是滿心歡喜。真高興，回家成了一種期待。燈光給人溫暖，不禁讓人想要投入家的懷抱。

今天就怪了，燈沒亮，在沒有月光的夜裡，房子看起來頓時沒了光彩。我心中升起一種不好的預感，不只加快腳步，簡直就是飛奔向前。結果我在門口和李平撞了個滿懷，便當哐啷一聲，掉在地上，飯菜灑了一地。

「妳總算回來了。」李平一臉驚慌。

「奶奶不認得我了，她要我滾出去。」

我想我的血液一定瞬間凍結了，整個人像是被抽了真空的塑膠袋，頓時又乾又扁。

「金孫啊金孫，你在哪裡啊！」

奶奶的哭叫聲是一把剪刀，剪碎了雲朵，一道一道的傷口讓天空落下了淚。我聽見李平用一種怪怪的聲音，喋喋不休的說著來龍去脈，雨落了下來，啪噠啪噠的打在窗外的陰暗裡。

「今天月考結束，學校讓我們提早回家，於是我先過來看奶奶。」

「一進門，想先給奶奶一個驚喜，我提起嗓子喊她。怎知不管我怎麼提氣，聲音就是上不去，啞啞的……」
說到這裡，李平就停住了，呆呆的愣著，好像連自己也不認識自己的聲音一樣。
我沒時間聽他解釋，奶奶淒厲的叫聲，讓我直衝上樓。
家裡所有電燈的開關好像都失靈了，每一盞燈都點不亮。奶奶在哥哥的房間裡，房門反鎖。
「奶奶，是我，我是珮珮啊！」
「還我的金孫來，我不想見到妳。」
「碰！」有東西砸在門板上。
「妳走開！不能這麼殘忍的讓他走啊！」
「碰！碰！」
是書，是那些我找回來的書。
「奶奶，妳別丟書，哥哥在這裡，他來看妳了。」我想用李平來讓她平靜下來。

「騙子，妳不要隨便找個人來騙我這個瞎子，他不是我的金孫……」

「碰！碰！碰！」

「奶奶，妳不要丟書，書會砸壞的。」

「孫子都沒了，幾本書有什麼大不了……」

「碰！碰！碰！碰……」

「奶奶……」我又心疼奶奶，又捨不得書。

「妳這個掃把星、剋星，想當老大，就把妳哥剋死，這下子妳稱心如意了吧！」

喔！不！又來了，又來了。這些日子以來，我以為這些話不會再出現了，可是現在，相同的話就這樣再一次清清楚楚的鑽進耳朵裡，而且如箭一樣的精準，毫不遲疑。

「不是的，不是的，妳不要亂說，我沒有，我沒有……」

鑽進耳朵的掃把星和剋星，順著我的血管而下，拿著尖刀，在心底瘋狂的亂砍，我腳一軟，「咚」的一聲，跪在地上。

「我偏要說，好好的一個人，怎麼會這樣就走了？妳來了，妳媽就走了，妳爸也跟著走了，然後我的金孫也走了，不是妳害的，那是誰？掃把星，剋星……現在還要來剋我，妳別想……」

「哐噹」一聲，書架全倒了，奶奶的聲音暫時停歇。

看來惡夢又開始了，我捂著臉，可是眼淚一滴都流不出來。黑暗襲來，我毫無招架之力，生命裡只剩下奶奶了，可是我們卻弄成了這幅光景。我無力思考，只想讓自己一點一滴消逝在空氣中。

「珮珮，妳在嗎？」白老師的呼喚伸出手來拉了我一把。瞬間，屋裡的燈全亮了。白伯伯總是有辦法讓一切復原。

我們坐在餐桌前，沉默輕吹著氣泡包圍著我們。我是最不想開口的，我不需要陪伴，不管他們投過來的眼神是憐憫還是安慰，都讓我掉到壓力鍋裡，悶著加壓。

「珮珮，妳哥哥……」白曉雲老師忍不住了，我聽出她聲音裡的小心翼翼。

壓力鍋開始噴氣了，這讓我的呼吸急促了起來。

「不說出來，永遠沒有辦法解決。」李平的嗓子啞了。

蒸氣很強，鍋子嗶嗶嗶的叫了起來。

「是啊！珮珮，我們都想幫妳……」

「好，我說……」

我叫得很大聲，壓力鍋加壓再加壓，然後爆出一顆震撼彈。

「……我哥……他死了……」

屋裡一片死寂，大家被炸得四分五裂。

你知道「不在」、「走了」的意思，而「死」這個字，總是活生生、血淋淋，讓人忍不住打了個寒顫。

我深深的吸了一口氣，又一口氣，讓空氣灌滿胸膛，這樣好像比較有勇氣去回憶。

「哥哥大我六歲，打從我有記憶以來，他總是唸故事給我聽，哄我入睡。……他是我的大玩偶，也是我的守護神。」我抬頭看了李平一眼。

「放學後，他總是陪我踢球。我的技術很差，球不是踢歪掉，就是力道太小。他總是在小路上攔截我踢不準的球。」

要回想那天的事是不容易的。我閉上眼睛，鎖緊眉頭，揪著心吐著氣，咬著唇滴著淚，讓自己回到出事的那一天。

「那天，我踢了一個超級歪的球，球一路溜了下去，一直彈到馬路上。……哥哥忙著去追。」

我停了下來，關閉記憶，沉默了好一會兒，直到那天的景象清晰的浮現腦海。我又吸了一大口氣。

「一輛水泥車開了過來，……哥彈了起來，砰砰砰的掉到地上……好大聲……」

「我站在路口，再也等不到他回來……」

「是我害死他的。」

「是我害死了他。」我大吼一聲，承認了我不可原諒的罪行。

「妳爸爸、媽媽呢？」李平拍拍我。

「我沒見過他們。」趁著還有勇氣，我要繼續說。

「我媽媽生我時難產死了，我爸爸受不了，就自殺了。」

「那時我還有哥哥疼惜我，他總是說我沒父疼沒母愛，他要加倍疼我。」

「哥哥在的那六年是我一生中最幸福的時光。」

「後來他也丟下我走了……，奶奶怪我、恨我……全部都是我的錯……」

傷痛讓心冰冷。

哥哥走了以後，愁雲慘霧籠罩著我！那段日子，真不知道是怎麼熬過來的。熬過來了嗎？就我看來，一直到現在，我和奶奶都還掉在傷痛的漩渦裡。

我成了一座孤島。

夏露

23. 白曉雲

不說話是她的第三口井！她想把自己埋葬在井底

李平握著奶奶的手，處於「變聲期」的他，聲音已經不能替代柯珮珮的哥哥了。

他總是溫柔的為她翻身、按摩。

「奶奶，我來看您了，以前我常常唸故事給您聽！您還記得嗎？」李平小小聲的說。

他輕輕的按摩她僵直的背：「奶奶，這樣舒服嗎？」

「如果您能好起來，那該有多好！珮珮很擔心您呢！她的心好苦喔！」他用輕柔的聲音和她說話。

每當我看到李平不遺餘力的付出，就覺得我也該做些什麼！一直覺得柯珮珮的心裡有兩口深井，一口井裡沉睡著一個年輕的生命，她為他背負著一個罪名；另一口井藏著一份失去的親情，她一直追尋不到的親情。這兩口井都傷得她體無完膚。

其實，我更擔心的是第三口井。不說話是她的第三口井！她想把自己埋葬在井底。

「我想把這些拉拉雜雜的東西全部出清。」他在白板上這樣寫著。

我點點頭，望著他風霜的面容。

「然後，開一家二手書店。」

書店，我喜歡。可是……

「買書？這裡的人三餐剛好溫飽，沒有閒錢買書，更何況，都是舊書。」

我習慣和他用筆交談。

「這樣……」

我們倆就這樣陷入了思考。

我想到柯珮珮愛看書，可一定沒有錢買書，……不如……

「開個圖書館好了。」他寫道。

不知道他是怎麼讀出我的心思的，我不禁露出微笑。

「妳也同意。」他也笑了，他的皺紋裡發出亮光，看起來和藹又慈祥。

「我會把我的書搬來，……，得添一些書架才行。」我又自言自語了起來。

「讓每個孩子都像柯珮珮一樣愛看書。」白板上寫著。

「也讓書治療內心的傷痕。」

我沒把這句話說出口。

除了收購來的舊書和堪用的書架，其他的雜物很快的被清光了，掙得的一點小錢，不無小補。

窗戶上的木條一根根的被我撬開，陽光爭先恐後的湧進屋裡。老木屋的地板經過這麼多年的歲月，留下了很多摩擦的痕跡，我們還是合力把它們擦得光可鑑人。

舊書架不敷使用，我們只好另外添購。空心磚一個個的被堆疊了起來，中間架上一片片實心的木板；我的書一箱箱的運送進來，一本本的排到架上，加上原有的舊書，還真有圖書館的架式。

我望著老木屋最裡面那一扇有著木條窗櫺的落地玻璃窗，它把後院的風景分成了上、中、下三排。

上排窗得到的是天空，白天上映藍天白雲，現在落幕的是滿天的金黃夕陽；中排窗框住了一面紅磚牆，垂下柔軟髮絲，嫵媚動人的鐵線蕨，是這一季的主角；下排窗洋溢著滿園的花海，非洲鳳仙花枝招展的辦起選美大賽，馬櫻丹邀請蝴蝶來擔任評審，直挺挺的百合吹響號角。熱鬧的窗外，對應著滿室靜謐的書，一動一靜之間，擺了一張藤椅。藤椅的皺摺與架上泛黃的書年紀一樣大，是用故事編織而成的。

「閒人勿近」的牌子被「老木屋二手圖書館」取代。這棵高大的苦楝樹，彷彿驕傲了起來，有人撐腰似的，挺直了腰幹兒。伸長了的枝葉，滿是深綠色的葉片，隨著氣溫漸漸上升，風兒擺著綠浪，幾朵殘存的小紫花，垂掛在新一季孕育出來的小小綠色果實上。苦楝用高人一等的姿態睥睨世人。

圖書館整理得告一段落了，我得策畫一些說故事、讀書會的活動，好把閱讀的風氣推展到鎮上。還有，得跟學生好好的宣傳一下，然後找一個黃道吉日開幕，衝衝人氣，再把他介紹給大家——「我爸爸」。

我，會不會想太多了。

對了，還有一件比圖書館更重要的事，我得趕快去做才行。

毫米屋
二手
圖書館

24. 柯珮珮

苦楝的名字起得真好，跟我的「苦戀」一樣

奶奶開始絕食，她只是睡覺，清醒的時間越來越短，而且堅持不到醫院去，只得把醫生請來看診。醫生搖搖頭，私底下要大家準備準備。

準備準備是什麼意思？我……不願去想，我真的不想再失去親人。

奶奶是故意不醒來的嗎？還是真的醒不過來？我不知道，真的不知道。於是，我把睡袋搬進了奶奶的房間，哥哥的書，現在應該說是我的書，也一本一本的拿進奶奶的房間。我睡在奶奶房間的地板上，要照顧她直到她好起來為止。

書，鋪排在睡袋的兩邊，一邊是看過的，一邊是沒看過的，每晚都是故事陪著我入睡。我睡得很淺，奶奶一個翻身，我就會醒來。有時餵水，有時換尿布，有時睜大眼睛，聽著奶奶夜夜的囈語。

她夢裡說的唸的，全是哥哥的名字。我好希望哥哥能回來看奶奶，不過，我更希望奶奶也能唸到我的名字，讓我知道她心裡還有一點點掛念我。可是任憑我把找回來的書都看完了，哥哥不但沒回來過，奶奶也沒在睡夢中喊過我的名字。

哥，回來好嗎？不看我，也要來看看奶奶，和她說說話，我好怕她就這樣不再醒過來了。

也許你一回來，她就醒來了，就想起我了。我天天這樣祈禱，然後想念老木屋旁的苦楝樹。苦楝的名字起得真好，跟我的「苦戀」一樣，苦戀著和哥哥的兄妹之情、苦戀著奶奶的溫情、還有那對無緣父母的親情。

白曉雲老師過來看我們，順便給我帶來一袋書，這是他們特別為我找尋的。

夜深人靜，我解開綁著的那一落書，慢慢的檢視著。一本紫色封面的書深深吸引著我，那紫正是苦楝小花的紫，迷人又神祕。繁花盛開的花園裡，一個穿著紫藍色條紋睡衣的男孩背影讓我怦然心動。

那個背影讓我跑到哥哥的房間，拉開衣櫃，同樣是紫藍色條紋的睡衣正靜靜的躺在裡面。紫藍色發出一種光彩，一種重新被想起來的光彩，睡衣看起來像是早就等在那裡的老朋友。我忍不住穿上它，大小剛剛好。我一股腦兒的坐在地板上，翻開那本書，先仔細的查看書的前後，看到哥哥的簽名，嘴角揚起笑容。我輕輕的用手指依著名字的筆順，把哥哥的名字描了一遍，然後開始讀起故事來，享受片刻的獨處與寧靜。

「是你嗎？是你嗎？是你回來了嗎？……」

奶奶的聲音打斷了故事，我把食指伸進書裡，不讓書完全闔上，走到奶奶房間門口，停住了腳步。

哥哥背對著門，坐在奶奶的床邊，他俯身向前，左手握著奶奶的手，右手輕輕的拂著奶奶額頭上的頭髮，順了順，把頭髮塞在她的耳後。

「奶奶，是我，我來看妳了。」

「金孫，我想死你了。」奶奶的聲音變得哽咽起來了。

「我也很想妳，還好有珮珮陪妳。」

「別提她，你這次回來，要好好的小心她。」奶奶放低音量，耳提面命了起來。

「她啊！不甘心當老二，一直想要剋死你，你一定要小心……」

我握著書的手，開始滲出汗水，我不要哥哥聽到這些不堪的話。發生這種事我真的很自責，如果我沒踢歪那個球……，哥哥不會出事的……

這麼多年來，我漸漸的相信自己命中帶「剋」，是我害死哥哥。發生意外不是我的本意，只是命中注定。奶奶的那些話，總是讓我痛苦萬分卻百口莫辯。

現在奶奶當著哥哥的面舊話重提，他會怎麼想？

我心中無言的吶喊著：「這不是真的，這不是真的……」

「奶奶，珮珮並沒有剋死我，」哥哥打斷奶奶的話。

「這件事我最清楚了，是我太大意，是我不小心。馬路如虎口，我一時的疏忽，竟讓自己陷入無法挽救的絕境。」

「珮珮是我的親妹妹，愛我都來不及了，怎麼可能害我！」

這麼多年來，面對奶奶的指控，我除了哭泣、搖頭、喊叫，從來沒有人為我說過一句話。哥哥像是明鏡高懸的青天大老爺，為我平反了一個大冤屈。我走到哥哥的背後，雙手環住他的腰，把頭靠在他的背上，熱淚一串一串的滑落。

奶奶無言以對，呆若木雞的躺在床上，哥哥右手反轉，拍著趴在他背上的我。

「奶奶，記得小時候妳總是用大衣包著珮珮。」奶奶點點頭。

「有一次，妳做菜切到了手，削掉了一塊肉，流了好多血。」

「那天中午妳睡午覺的時候，珮珮拿了優碘幫妳擦藥，還把她最心愛的手帕綁在妳的手指上，妳記得嗎？」

我的淚沾濕了哥哥的背，奶奶的淚沾濕了枕頭。

「珮珮，」奶奶叫著。

「是，我在這兒。」我把頭靠在她的懷裡。

「奶奶跟妳對不起了，」她附在我的耳朵上低聲的說。

我心裡很激動。「對不起」是一杯溫熱的茶，熨燙了我的心。淚水滑落成一串珍珠，我不斷的搖著頭，我真的不需要對不起，我要的只是這些溫暖的擁抱。

「奶奶，」我輕聲的喊著。

「……奶奶……奶奶……」

「聽我說，我已經簽過文件了，把妳交給他們我很放心……」

「妳在說什麼，……」我微微的抬起頭來，我不懂。

「珮珮，……再見了……我愛妳……我真的愛妳……」

「奶奶，奶奶……」她臉上掛滿了笑意，然後不動了。

「哥……哥……」我急著喊。

只看見哥哥笑呵呵的牽起了奶奶的手，兩個人的身影鑲嵌著金邊，看起來有點透明，慢慢的漸漸的變得模糊，像是飄遠了的船帆，消失在空氣中……

柯家小屋歸到我的名下，這是奶奶走之前就過戶好的。我被白伯伯收養了，這是奶奶最後的決定。

我堅持一個人住在家裡，白老師也堅持住在宿舍裡，結果我們三個有新關係的人，各自住在自己覺得安全的蝸牛殼裡。

我很希望白曉雲老師能和白伯伯團圓，我知道如果我提出來，一定可以實現，當然，我也得一起加入。

可是，就如之前白曉雲老師不能接受白伯伯的心情，這讓我也非常彆扭。

如同你知道的，我，還沒準備好。

延伸閱讀：

接受完美與不完美

鄒敦怜

給讀者的話

對讀過許多有著完美結局的童話故事，許多人也在心中刻畫著屬於自己的童話世界，在這個世界中，一切都是平安快樂，無憂無慮的，圍繞在周圍的都是善良與美好，沒有任何需要克服的難題。只不過，在真實的人生中，許多的安排不能那樣盡如人意，假如自己所擁有的生命，是坎坷曲折，滿佈苦難的，該怎麼看待呢？

《不說話的女孩》中，有兩個主要的人物。不肯說話，被同學當成隱形人般的小女孩柯珮珮，給人的印象，就是倔強得緊閉著雙唇，一句話都不說。外型開朗，自願來到小鎮教學的老師白曉雲，擁有很多的故事、很多的書，也有很多願意分出去的愛。

年輕的老師白曉雲，把教學當成挑戰，她挖掘別人不想挖掘的問題，想挽救別人認為無藥可救的柯珮珮。然而，珮珮已經習慣用沉默包裹著心中的祕密、苦悶與悲傷，她把自己留在堅固的堡壘裡頭，只有書本與故事，是她與外界接觸的橋梁。

這兩個人物之間的僵局，被村裡出現的神祕拾荒老人巧妙的牽起。在故事後半段，原本困在堡壘中的珮珮，走出自己的世界；原本樂於對別人伸出援手的曉雲老師，卻陷入心靈的藩籬中。彼此幫助的地位互置，彼此生命的節奏出現了轉折，柳暗花明，就在下一個轉彎之處。

故事給人深層的啟示，外表看起來幸福的，也許有不能分享的苦澀；外表看起來柔弱的，也許有意想不到的堅強。既然許多的安排都是那樣無法自主，在嘗試過許多的努力之後，我們該做的，就是接受完美與不完美，體會與感受完美與不完美，直到嚼出甘甜的味道。

閱讀思考

一、故事掃描

1. 這個故事裡頭，有哪些主要的角色？
2. 故事的場景在哪裡？這裡有哪些特殊的「地景」與建築物？
3. 故事的時間延續多久？故事中用哪些景色描述，表現時間的變化？
4. 故事中的人物，分別用怎樣的態度，面對自己的「苦難」？他們最後用怎樣的態度，接受這些苦難？

二、了解主角

1. 柯珮珮在學校的表現怎麼樣？她為什麼失去父母親與哥哥？這些狀況對她造成怎樣的影響？

2. 白曉雲為什麼來到小鎮？她為什麼對鎮上的「鬼屋」特別有興趣？她的書本，給學生們帶來怎樣的轉變？

3. 柯珮珮的奶奶，是個怎樣的老人家？為什麼她會對珮珮冷熱無常？

4. 拾荒老人的外表怎麼樣？他什麼時候來到小鎮？在他的身分確認之前，白老師怎樣幫助老人？

三、深入情節

1. 找一找，書中一共出現幾次對苦楝樹的描述？苦楝樹在故事中，有怎樣的象徵意義？

2. 白老師「想念的畫作」中所畫出的洋娃娃，是什麼模樣？這個娃娃對她有什麼樣的特殊意義？拾荒老人為什麼擁有這個娃娃？

3. 柯珮珮對哥哥有哪些回憶？在故事中有幾段哥哥說故事給珮珮聽的情節，你覺得這些情景是真的嗎？珮珮在白老師離開後，聽到「故事錄音帶」，為什麼會特別的激動？

4.李平是誰？在故事中，他扮演怎樣的角色？他提供哪些人不同的幫助？他為什麼願意替珮珮的奶奶讀故事？在故事後半段，他為什麼無法繼續說故事？

5.拾荒老人是白老師的誰？他有怎樣的故事？白老師剛開始為什麼認不出他來？後來怎麼確認老人的身分？

6.珮珮和奶奶之間，靠著哪一件事情，逐漸化解僵局，真心相待？白老師和拾荒老人，靠著哪一道菜，接起彼此的記憶，打破僵局？

7.故事中提到幾個故事？你知道這些故事的大致內容嗎？「書本」在故事中有怎樣的重要性？原本是鬼屋的老木屋，後來變成什麼？

8.你對故事最後的結局滿意嗎？你覺得他們三人之間，有「團圓」的可能嗎？為什麼？

四、故事互動站

1.人物圖表

把一張A4的紙，在白紙的中央，畫兩個小圈，先把白曉雲、柯珮珮的名字填上，如下圖：接著把故事中相關的人物，一一寫出，並填寫他們彼此之間的關係。

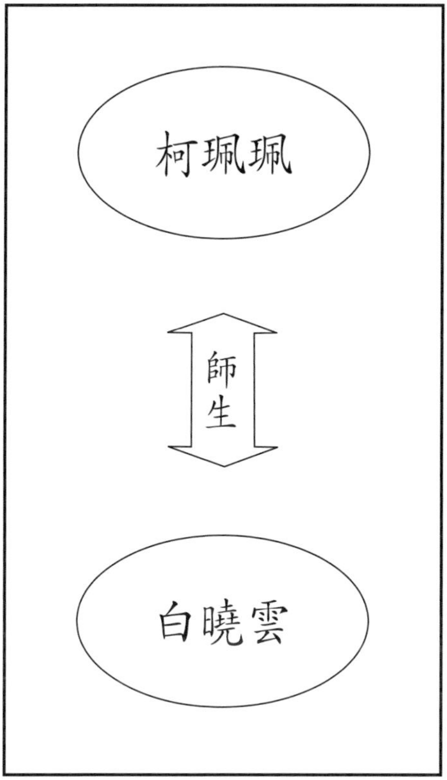

2. 擬定標題

本書的各小段標題，分別是主要角色柯珮珮與白曉雲的內心獨白，這些獨白也串成整個故事的主要架構。讀過故事之後，請試著擬定新的標題，再跟原本的標題比較。

3. 找尋象徵

故事中的苦楝樹，是主角柯珮珮與哥哥相處時重要的場景，當她在現實生活中遭到無法排解的壓力與困境，苦楝樹是她暫時逃離的地點。苦楝樹旁的老木屋，是拾荒老人居住的地方。「苦楝」與「苦戀」同音，故事中柯珮珮哥哥、與奶奶，白曉雲與父親之間，都有辛苦愛戀，希望得到對方關愛的情節。故事中的景物與故事情境巧妙結合，請從諧音或其他方面聯想，下面這些景物（或者自行再找其他的題材），可以鋪陳怎樣的故事情節。

・含羞草　・楓　樹　・蓮　花　・芒果樹

九歌少兒書房 194

不說話的女孩

著者　蔡聖華
繪者　李月玲
責任編輯　鍾欣純
發行人　蔡文甫
出版發行　九歌出版社有限公司
臺北市105八德路3段12巷57弄40號
電話／02-25776564・傳真／02-25789205
郵政劃撥／0112295-1
九歌文學網　www.chiuko.com.tw
印刷　晨捷印製股份有限公司
法律顧問　龍躍天律師・蕭雄淋律師・董安丹律師
初版　2010年8月10日
初版5印　2017年3月
定價　240元

書號　0170189
ISBN　978-957-444-711-4
（缺頁、破損或裝訂錯誤，請寄回本公司更換）

國家圖書館出版品預行編目資料

不說話的女孩／蔡聖華著；李月玲圖. -- 初版. --
臺北市：九歌, 民99.08
面；　公分. -- (九歌少兒書房；194)

ISBN 978-957-444-711-4(平裝)

859.6　　　　　　　　　　　　　99012349